# WIGETTA

## Y EL TESORO DE CHOCATUSPALMAS

# VEGETTA777    WILLYREX

# WIGETTA

## Y EL TESORO DE CHOCATUSPALMAS

,

Obra editada en colaboración con Editorial Planeta – España

© 2018, Willyrex
© 2018, Vegetta777
2018, Redacción y versión final del texto: José Manuel Lechado
y Joaquín Londáiz

© 2018, Editorial Planeta S.A. – Barcelona, España

Derechos reservados

© 2018, Editorial Planeta Mexicana, S.A. de C.V.
Bajo el sello editorial TEMAS DE HOY M.R.
Avenida Presidente Masarik núm. 111, Piso 2
Colonia Polanco V Sección
Delegación Miguel Hidalgo
C.P. 11560, Ciudad de México

www.planetadelibros.com.mx
© Ismael Municio, por el diseño de personajes y portada, 2018
© Pablo Velarde por los bocetos, el color y la creación de
personajes secundarios, 2018
© José Luis Ágreda, por la línea y el color, 2018
Diseño de interiores: Rudesindo de la Fuente

Primera edición impresa en España: julio de 2018
ISBN: 978-84-270-4447-0

Primera edición impresa en México: julio de 2018
Primera reimpresión en México: agosto de 2018
ISBN: 978-607-07-5108-0

Impreso en los talleres de Litográfica Ingramex, S.A. de C.V.
Centeno núm. 162-1, colonia Granjas Esmeralda, Ciudad de México
Impreso en México – *Printed in Mexico*

# ÍNDICE

8  ¿Quién quiere días normales?

26  Un viaje en tren

50  Por el desierto

68  Cita en la encrucijada

88  Emboscada

102  ¡Estamos en apuros!

122  Gold City, ciudad sin ley

142  Un plan más o menos elaborado

162  El gran duelo

180  Fiesta en el Oeste

# ¿QUIÉN QUIERE DÍAS NORMALES?

Era un día plácido y luminoso, uno de tantos en Pueblo. Todo parecía normal... Y bueno, es que era normal. Lecturicia soplaba el polvo de los libros de la biblioteca y luego miraba por la ventana con ojos soñadores, pensando en las aventuras que había leído en tantos libros. Tabernardo, en su bar, se atusaba los bigotes antes de servir unos refrescos a los leñadores. Del laboratorio de Ray salía una nube de humo, proveniente de la última explosión de uno de sus experimentos...

Sí, todo parecía estar como siempre, excepto un pequeño detalle... ¿Dónde se habían metido Willy y Vegetta? ¿Y Vakypandy y Trotuman, sus inseparables mascotas? No había rastro de ellos ni en la plaza, ni en el puerto, ni tampoco en los campos y sembrados cercanos... Ah, sí, habría que haber empezado por ahí: no, en su casa tampoco estaban.

Pero no había ningún misterio. Al menos, no de momento. Los dos amigos habían decidido emplear aquella espléndida mañana, soleada y silenciosa, en uno de sus pasatiempos favoritos: montar a caballo en la granja de los hermanos Ovejero. Willy se las apañaba como podía sobre un potro castaño para que no se le

volara su inconfundible boina verde mientras el animal trotaba a
su aire. Vegetta, por supuesto, montaba a su viejo amigo Vicente,
el caballo blanco con el que había vivido tantas aventuras.

—¡Vamos, Vicente!

Corre como tú sabes.

## ¡ESTA CARRERA ES NUESTRA!

—**Eso habrá que verlo** —contestó Willy, que seguía a rebufo de su amigo, aunque ganándole terreno.

—No eres rival para mí —se chuleó Vegetta.

Desde detrás de una valla, al otro lado de la pista de hípica, Vakypandy y Trotuman contemplaban la escena con cara de circunstancias.

—Vaya dos —comentó Vakypandy.

—Ya te digo —asintió Trotuman.

Estaba claro que lo de montar a caballo no era lo suyo. Unos segundos después la carrera terminaba con Vicente como ganador apenas por una cabeza de ventaja.

# _¡HEMOS GANADO!

—proclamó Vegetta a voz en grito abrazándose a Vicente.

El caballo respondió con un relincho de alegría.

—¿No os animáis a montar un poco? —preguntó Willy a Trotuman y Vakypandy, que seguían a su rollo, apoyados en la valla.

—No le veo la gracia a montar sobre alguien que se mueve a cuatro patas —contestó Vakypandy, con gesto irónico.

—Y yo paso —dijo Trotuman—. Podría daros algunas lecciones, pero no hoy.

—Ya... Lo que pasa es que tienes miedo de caerte —se rio Vegetta.

—**¿Miedo yo? ¿De qué? ¡Soy una tortuga acorazada!**

—**Bla, bla, bla**

—intervino Willy, riéndose ya descaradamente.

# _¡OS VAIS A ENTERAR!

Nada más pronunciar estas palabras, Trotuman se arrepintió de haberse lanzado. En realidad no tenía ni idea de montar a caballo. Se acercó al potro de Willy y le pareció alto como un elefante. Puso cara de «¿Y aquí por dónde se sube?», pero no dijo nada para no hacer el ridículo y, como pudo, se aupó a lomos del animal. Mala idea. Apenas cayó sobre la silla, el caballo arrancó desbocado.

# ¡SOCORROOOOO!

—gritó Trotuman, que veía llegada su hora final.

## ¡PERO AGARRA LAS RIENDAS!

—voceó Willy, al tiempo que salía corriendo detrás.

Por suerte, el caballo apenas había iniciado un trotecillo, aunque a Trotuman le parecía que volaba por los aires. Willy lo alcanzó enseguida, lo sujetó y consiguió detenerlo sin esfuerzo. Luego ayudó a Trotuman a bajar. Se había puesto de color amarillo y le temblaba un poco el caparazón.

—**¿Así que un gran jinete, eh?**

—Bueno —respondió Trotuman—. Es que hace mucho que no monto.

—Ya.

El sol se acercaba ya al horizonte, tiñendo de rosa las nubes y esparciendo una luz suave por toda la pradera.

—Es hora de volver a casa —dijo Vegetta—. Ya nos hemos divertido por hoy.

Con mucho cariño, Vegetta quitó la silla y todos los trastos a Vicente, le acarició el lomo y le dio una rica rosquilla. Normalmente a los caballos les gustan los azucarillos, pero no le iba a ofrecer tan poca cosa para recompensarle por tanto esfuerzo.

—Come, come, amigo mío —le susurró tan dulcemente que parecía que se iba a derretir.

—Tío, cuando te pones empalagoso... ¡Venga, vamos!

Los hermanos Ovejero se quedaron en los establos contemplando la puesta de sol mientras decían adiós a Willy y Vegetta, que regresaban a Pueblo dando un paseo. Trotuman se sacudía de las patas un polvo totalmente imaginario, pues apenas había estado sobre el caballo cinco segundos.

Se acercaba el final de un día que había sido magnífico para todos. ¿O quizá no para todos?

Más allá del lindero de la granja, donde empezaba el bosque, tres pares de ojos maliciosos habían estado contemplando toda la escena sin ser vistos. Se trataba de tres tíos hechos y derechos. Unos completos desconocidos en Pueblo y que, por su actitud, no parecían albergar buenas intenciones. Si alguien hubiera mirado en la dirección del bosque y hubiera llegado a verlos, le habría llamado la atención un detalle curioso: los tres eran muy diferentes en tamaño y aspecto, pero todos vestían camisas con estampado de tulipanes. ¿Sería para camuflarse? Pues si era por eso, no era una idea brillante porque por allí no crecían tulipanes. Aparte de eso, los tres llevaban sombreros de *cowboy* y las caras tapadas con pañuelos de lunares, cada uno de un color: rosa, amarillo y azul celeste. ¡Qué pintas tan raras!

—Ya se han ido. Vamos a por los caballos —susurró uno de ellos, con voz ronca.

—**Espera, idiota...** —le ordenó otro, que parecía el jefe—. **¿Sabes quiénes eran esos dos?**

—Ni idea —contestó el tercero. No le habían preguntado a él, pero le apetecía participar en la conversación.

—Pues son nada menos que Willy y Vegetta, los dos famosos aventureros.

—Da igual, ya se han ido.

—Eso, vamos a por lo que hemos venido —intervino el otro—. Necesitamos esos caballos para nuestros próximos golpes.

—Calma, calma, queridos primos —insistió el jefe—. Nos llevaremos los caballos, pero se me acaba de ocurrir una idea. Qué diablos: una ideota.

—Deja de llamarme idiota —se quejó el más gordo de los tres.

—**¿Serás bo...?** Pero si no he dicho eso, que no te enteras, se me acaba de ocurrir una gran idea, un plan genial.

—Cuenta, cuenta —apremió el más alto.

—Escuchad...

Una hora después, de la casa de Vegetta y Willy salían unos gritos que se oían desde la calle.

## –¡NO, ASÍ NO!

## –¡¡¡CUIDADO!!!

Era la hora de la animada partida de dardos, estaban también Tabernardo y Pantricia, y los gritos se debían a que era el turno de lanzar de Trotuman y, aplicando no se sabe bien qué reglas físicas, intentaba dar en la diana con un raro efecto que... ¡en lugar de apuntar al blanco lo hacía en la dirección de los otros jugadores!

Después de hacer sus cálculos y cuando los demás se habían escondido detrás de los muebles, lanzó el dardo con gran fuerza y... ¡Zas! Para sorpresa de todos se clavó en pleno blanco.

—Os lo había dicho, cobardes —presumió Trotuman.

—Eso ha sido potra... —observó Tabernardo, que no podía creer lo que acababa de ver.

En ese momento unos golpes sonaron en la puerta.

—¿Por qué no llamarán al timbre? —preguntó Vegetta mientras se dirigía a abrir.

—Lo cambié ayer por unos juegos —respondió Vakypandy.

—Pues anda que... **¡ya te vale!**

Eran los hermanos Ovejero. Uno de ellos, con expresión ansiosa, se tiraba de las puntas del bigote con las dos manos. El otro, como no llevaba bigote (aunque mostraba el mismo gesto preocupado), tenía las manos libres para sujetar una hojita de papel que entregó a Vegetta. Ninguno de los dos hermanos articuló palabra, de lo nerviosos que estaban.

—**¿Qué es esto?** —preguntó Vegetta, tomando el papel y disponiéndose a leerlo.

Desplegó la hoja, ante la atenta mirada de todos, y leyó en voz baja, poniendo una cara que iba pasando del asombro a la rabia y luego a la desesperación. Esto es lo que decía literalmente la nota:

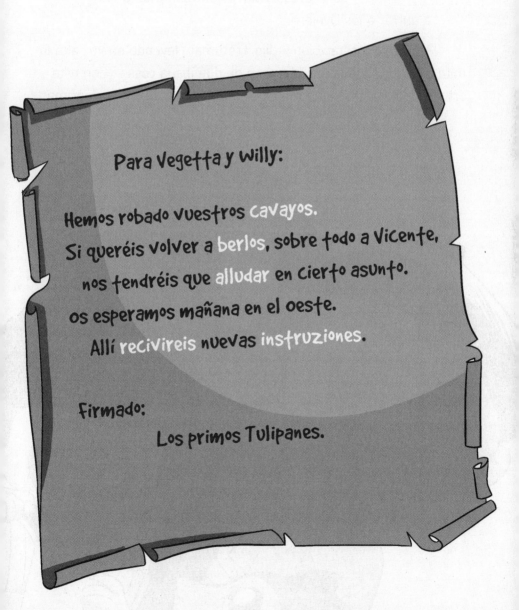

Para Vegetta y Willy:

Hemos robado vuestros cavayos.
Si queréis volver a berlos, sobre todo a Vicente,
nos tendréis que alludar en cierto asunto.
Os esperamos mañana en el oeste.
Allí recivireis nuevas instruziones.

Firmado:
Los primos Tulipanes.

Unas lágrimas empañaron los ojos de Vegetta. Trotuman, que era el que estaba más cerca, le quitó la nota de entre los dedos.

—**¿Pero qué pone?**
—preguntó Vakypandy.

—**¿Estás bien, amigo?**
—se interesó Willy, mientras invitaba a entrar a los Ovejero.

—Qué va a estar bien —dijo Trotuman, leyendo en voz alta la nota, para que todos se enteraran de qué iba la cosa—. Con esta ortografía desastrosa, no me extraña que se te salten las lágrimas.

—¿Pero esto va en serio? —consultó Willy a los Ovejero.

—Sí —respondió el que no llevaba bigote—. Debió de ser al poco de iros de la granja, mientras nosotros cenábamos. Se han llevado todos los caballos —y ante la mirada triste de Vegetta, añadió—: también a Vicente. La nota estaba clavada en un poste, a la entrada de los establos.

—¿Y qué es lo que quieren? —preguntó Pantricia.

—Está claro que no es un simple robo de unos cuatreros —señaló Trotuman, siempre tan agudo—. Es un chantaje: quieren que hagamos algo. Algo malo, sin duda.

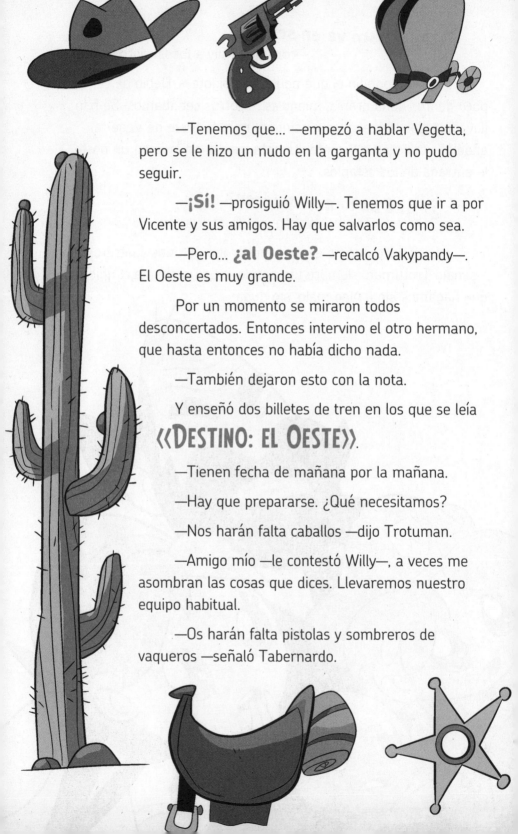

—Tenemos que... —empezó a hablar Vegetta, pero se le hizo un nudo en la garganta y no pudo seguir.

—¡Sí! —prosiguió Willy—. Tenemos que ir a por Vicente y sus amigos. Hay que salvarlos como sea.

—Pero... **¿al Oeste?** —recalcó Vakypandy—. El Oeste es muy grande.

Por un momento se miraron todos desconcertados. Entonces intervino el otro hermano, que hasta entonces no había dicho nada.

—También dejaron esto con la nota.

Y enseñó dos billetes de tren en los que se leía

## «DESTINO: EL OESTE».

—Tienen fecha de mañana por la mañana.

—Hay que prepararse. ¿Qué necesitamos?

—Nos harán falta caballos —dijo Trotuman.

—Amigo mío —le contestó Willy—, a veces me asombran las cosas que dices. Llevaremos nuestro equipo habitual.

—Os harán falta pistolas y sombreros de vaqueros —señaló Tabernardo.

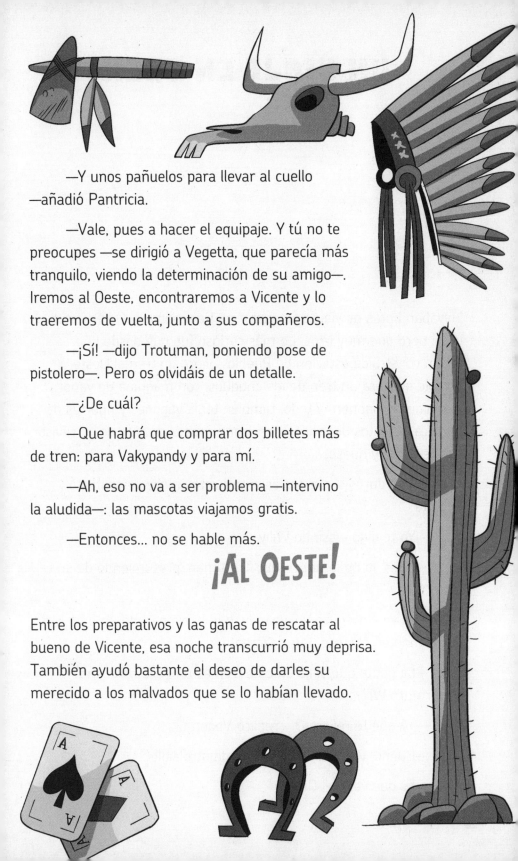

—Y unos pañuelos para llevar al cuello —añadió Pantricia.

—Vale, pues a hacer el equipaje. Y tú no te preocupes —se dirigió a Vegetta, que parecía más tranquilo, viendo la determinación de su amigo—. Iremos al Oeste, encontraremos a Vicente y lo traeremos de vuelta, junto a sus compañeros.

—¡Sí! —dijo Trotuman, poniendo pose de pistolero—. Pero os olvidáis de un detalle.

—¿De cuál?

—Que habrá que comprar dos billetes más de tren: para Vakypandy y para mí.

—Ah, eso no va a ser problema —intervino la aludida—: las mascotas viajamos gratis.

—Entonces... no se hable más.

## ¡AL OESTE!

Entre los preparativos y las ganas de rescatar al bueno de Vicente, esa noche transcurrió muy deprisa. También ayudó bastante el deseo de darles su merecido a los malvados que se lo habían llevado.

# UN VIAJE EN TREN

Llevaban horas de viaje en aquel tren. Realmente el Oeste estaba lejos, pero que muy lejos. Lo más curioso fue que desde la recién construida estación de Pueblo saliera un tren al Oeste. Y no solo eso: era un tren de los antiguos, con máquina de vapor, maquinista, fogonero y todo, también tenía vagones y puertas de madera, asientos de madera, revisor de madera... Ah, no, el revisor era de carne y hueso.

—Qué duros son estos asientos, estoy molido —protestó Vegetta.

—Ya te digo —asintió Willy.

—Pues yo no lo noto —dijo Trotuman, presumiendo de su coraza.

—Ni yo —aseguró Vakypandy, que había pasado un buen rato durmiendo en el suelo, tan ricamente.

—La gente que viaja en este tren es un poco rara, ¿no? —murmuró Willy.

—¿A qué te refieres? —replicó Vegetta.

—Bueno, visten... No sé, como de otro siglo.

—Es que van del Oeste.

En efecto, los hombres llevaban botas de vaquero, sombreros tejanos y chalecos con reloj de bolsillo. La mayoría tenía patillas largas y mostachos, y algunos fumaban en pipa. Las mujeres vestían elegantes trajes de falda larga, sombreros con redecillas y flores y peinados altos muy complicados.

—Será eso —aceptó Willy—. Pero para mí que nos miran de forma un poco extraña.

—Yo creo que llamáis la atención con esas pintas de «pies tiernos» —dijo Vakypandy.

—¿De qué? —preguntó Vegetta.

—Es como llaman en el Oeste a los que no son de allí.

—Pero si somos unos tíos superelegantes.

Al poco rato los frenos del tren comenzaron a chirriar sin previo aviso.

—¿Qué ocurre? —preguntó Vegetta.

**—¡Próxima parada, el Oeste!**

—anunció el revisor, contestando a la pregunta.

A pesar de lo largo que había sido el viaje, el sol todavía estaba alto en el cielo. Los cuatro miraron por las ventanas, bastante polvorientas, y contemplaron una gran llanura cubierta de hierbas altas y atravesada por un río. En el horizonte se dibujaban unas montañas azuladas.

**—¡Pero aquí no hay nada!**

—observó Willy—. Yo esperaba una ciudad.

—Pues... más bien parece un páramo desierto —comentó su amigo.

Sin embargo, no había ninguna duda de que llegaban a su destino. El tren estaba parando en una estación solitaria en medio de ninguna parte con un cartel bien grande que ponía: «Oeste».

—Señor, perdone —llamó Vegetta al revisor, un hombre con una gran barriga, largos bigotes y un uniforme azul con botones dorados—. ¿Esto es ya el Oeste?

—Efectivamente, forastero —respondió, tocándose los botones de su chaqueta—. ¿Es que no ha visto el cartel?

—Pero... ¿No hay más paradas? —insistió Vegetta.

—Amigo, ustedes los pies tiernos hacen unas preguntas...
**¡Pues claro que hay más paradas!**

Tantas, que al final volvemos al punto de partida. Pero si lo que buscan es el Oeste, están ustedes en él.

Al pronunciar estas palabras, el tren se detuvo en el andén con un potente silbido de la locomotora. Willy, Vegetta y las dos mascotas se apresuraron a bajar con sus equipajes.

No sabían muy bien qué hacer ni adónde ir. Aquello era un enigma. No se había bajado nadie más y la estación estaba desierta. El maquinista volvió a tocar el silbato, el revisor gritó: **«¡Viajeros al tren!»** —pero no subió nadie, claro, porque no había nadie— y, con un gruñido metálico, el convoy partió de nuevo. Un minuto después los cuatro seguían en el andén, como estatuas.

—Parecemos idiotas aquí parados. ¿Qué hacemos? —preguntó Vakypandy.

En ese momento oyeron un ruido que procedía del interior del edificio. Se acercaron y vieron que allí, a la sombra, dormitaba el jefe de estación. Se parecía mucho al revisor. Tanto, que podría ser su hermano gemelo. Pero además de los bigotes llevaba perilla. Y los botones de su uniforme eran plateados.

—Señor... **¡Señor!** —gritó Trotuman.

—**¿Qué...?** **¿Qué pasa?** —reaccionó el hombre, sorprendido—. **¡Diablos! ¡Forasteros!** Esta sí que es buena. Si aquí nunca se baja nadie.

—Pues ya ve, hoy es su día de suerte. ¿Estamos en el Oeste? —preguntó Vegetta.

—Pues claro, ¿dónde si no?

—Es que esperábamos algo más... ¿grande? No sé, una ciudad o algo así.

### —¡Acabáramos!

Ustedes lo que quieren es ir a Gold City —sonrió el jefe de estación—. No hay problema, pueden tomar la diligencia, les llevará directos.

### —¡Estupendo!

—dijo Willy, aliviado—. ¿A qué hora pasa?

—A las cuatro.

—Fantástico. Eso es dentro de diez minutos.

—Es usted muy observador —comentó el jefe de estación sin inmutarse—. Aquí estamos todos muy contentos con que la diligencia pase una vez a la semana: todos los lunes.

—Pero...

## ¡Si hoy es martes!

—gritaron a la vez Willy y Vegetta.

—Hay que ver, oigan, no fallan ustedes una. ¡Son la monda, forasteros! Pues sí, pasa todos los lunes. ¿A que es genial?

—¿Y no hay otra manera de ir a Gold City? No podemos esperar tanto.

—Ya lo creo, pero no se la recomiendo.

## —¡Nos arriesgaremos!

—Si se empeñan... No tienen más que acercarse al embarcadero, coger la barca y bajar por el río. Va directo hasta la ciudad.

## —¿Solo eso?
## ¡Está chupado!

Esta última frase de Vegetta provocó tal carcajada en el jefe de estación que fue imposible hablar nada más con él. Así que los dos amigos y sus mascotas decidieron seguir sus indicaciones y bajar al río. Efectivamente, allí había una barca bastante amplia en la que cabían todos.

—¿Quién se pone a los remos?

—Yo mismo —dijo Trotuman.

Una vez a bordo, con un empujoncito empezaron a navegar. El jefe de estación, que por fin había dejado de reírse, se acercó para despedirse:

**—¡Buen viaje, forasteros!**
            Son ustedes gente valiente si se meten
en este río, pero un consejo: cuando lleguen a Gold City,
cómprense ropa adecuada.

**¡Y un par de revólveres!**

Y sin más palabras, dijo «adiós» con la mano y se dio media
vuelta hasta el interior de la estación para seguir con su siestecita
habitual de cuatro horas.

—¿Pero qué tiene de malo nuestra ropa? —preguntó Vegetta.

—Ya me parecía a mí que en el tren nos miraban raro por las
pintas —observó Willy.

—¿Valientes ha dicho? —cambió de tema Trotuman, que
remaba con ganas—. ¿Por navegar en este río tan tranquilo que
parece un espejo? —se rio—. Esta aventura va a ser pan comido.

* * * * *

Media hora después ya no estaba tan seguro.

# —¡MADRE MÍA, QUÉ HA PASADO CON ESTE RÍO!

Durante un rato el paseo había sido encantador, pero de
repente el río se puso bravo (de hecho, su nombre era río Bravo,
aunque nuestros protagonistas aún no lo sabían). Primero, vinieron
un par de rápidos —«¡¡Yuppiii, qué guay!!», gritaron—. Luego, algún
rápido *más rápido*. Y después otro, y otro, cada vez más fuertes, y
ya de pronto saltos, cascadas, desniveles, hasta que la corriente se
volvió, más que brava, salvaje.

# –¡¡ESTAMOS PERDIDOS!!

—voceó Trotuman, que apenas podía sostener los remos.

—Esto es una locura, no sé cómo vamos a salir de aquí —dijo Vegetta, aparentando calma, pero un pensamiento repentino le puso triste—. Nunca salvaremos a Vicente.

—Calma, chicos. Algo podremos hacer —intervino Willy—. Antes de... Antes de...

Pero se quedó sin palabras. El río adquirió una velocidad enloquecida, rugía de tal forma que apenas podían oírse unos a otros. La barca estaba inundada, el agua salpicaba por todas partes

y era imposible no chocar con las rocas afiladas que surgían a su paso. Era una pesadilla, pero todavía podía ir a peor: un rumor, al principio tenue, pero cada vez más imponente, se impuso hasta aturdirlos. El ruido característico de...

## —¡¡UNA CATARATA!!

A juzgar por el estruendo y por la nube de espuma que levantaba debía de ser como las del Niágara como poco.

## —¡VAMOS A MORIR EN EL OESTE!

—sollozó Trotuman, soltando los remos y elevando los brazos en una plegaria.

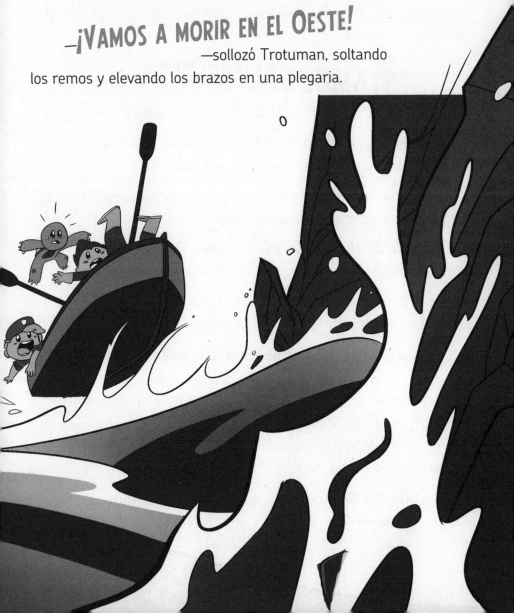

# _¡ESTAMOS PERDIDOS!

—confirmó Vakypandy.

—No hay nada que hacer —reconoció Willy poniéndose en lo peor.

En ese momento Vegetta, desesperado, se acercó a la popa del bote, agarró una barra que sobresalía por la parte de atrás de la borda, tiró con fuerza y, de repente, la barca cambió el rumbo y enfiló como un rayo hacia la orilla. Tres segundos después, con un choque sordo, embarrancaban bajo unos sauces. El peligro había pasado.

# _¡ESTAMOS SALVADOS!

—gritó Willy—. Vegetta, amigo mío, eres genial.

—Pero... ¿Cómo lo has hecho? —preguntó Trotuman, intrigado—. ¿Qué clase de magia has utilizado?

—Nada de magia: mientras vosotros estabais desgañitándoos, simplemente moví la barra del timón.

—¿Cómo? ¿Es que teníamos timón? —Trotuman abrió los ojos como platos.

—Pues eso parece, pero ahora la pregunta es otra —interrumpió Vegetta—: ¿Dónde estamos?

Ante ellos, al otro lado de los sauces, se extendía una llanura desértica. Y al fondo, las mismas montañas que habían visto desde el tren. A pesar del largo viaje por el río, no parecían haberse desplazado mucho. Cuando ya sentían el desánimo, vieron que a unas pocas decenas de metros de la orilla, justo al borde del desierto, había una ciudad.

—Creo que hemos llegado a nuestro destino —dijo contenta Vakypandy.

No podían estar seguros de que aquello fuera Gold City, pero sin más contemplaciones recogieron sus equipajes y caminaron hacia allí. No parecía gran cosa: media docena de cabañas de madera bastante destartaladas, un cementerio, una horca de la que colgaba un jamón y unos cuantos establecimientos típicos de las películas: la oficina del *sheriff*, el banco justo enfrente, un hotel, una tienda con un cartel bien grande que ponía

«Tienda de Todo un Poco», un herrero, unos establos con caballos, una lavandería china, el puesto de un barbero-sacamuelas... y poco más. Ah, sí: no faltaba el *saloon* típico del viejo Oeste, por supuesto.

—Se parece a Pueblo, pero en chungo.

—Bueno..., todo esto es muy del Lejano Oeste.

—Cuando nos dijeron lo de Gold City pensé que iba a ser todo de oro, pero esta ciudad es más bien... cutre —observó Willy.

Las calles eran de tierra sin asfaltar y estaban bastante embarradas. Había caballos y boñigas pestilentes por todas partes, pero ni rastro de Vicente. Se veía gente muy parecida a la del tren, vestían de la misma forma y miraba a los recién llegados, cómo no, con extrañeza.

—Creo que lo mejor será entrar al *saloon*. Podremos tomar algo fresco y, de paso, indagar un poco —propuso Willy—. A fin de cuentas aún no sabemos lo que tenemos que hacer.

—Vale —contestó Vegetta—. Así nos haremos ver y los que robaron a Vicente sabrán que hemos llegado.

—Me parece que eso lo deben de saber ya de sobra: la gente no para de mirarnos —observó Vakypandy.

Tras empujar las típicas puertas de vaivén, el *saloon* se mostró en todo su esplendor. Era sin duda el edificio más lujoso de la ciudad. Espejos en las paredes, grandes lámparas de cristal en el techo, un piano desafinado, estanterías con botellas, vaqueros bebiendo y jugando a las cartas en las mesas, y algunas chicas guapas con bonitos vestidos del Oeste...

Cuando entraron Willy, Vegetta y sus mascotas, se hizo el silencio y todo el mundo clavó los ojos en ellos. Era una situación un poco incómoda.

### —¡Vaya pintas, forasteros!

—gritó el camarero, rompiendo el hielo—. ¿Qué van a tomar?

—Yo un vaso de agua —dijo Trotuman.

La carcajada general se escuchó hasta en las afueras de la ciudad.

—Aquí no hay agua, forastero. Whisky o zarzaparrilla.

—Pues que sean cuatro zarzaparrillas —contestó Vegetta.

Al decir esto, un tipo siniestro y barrigón que había en la barra, con bigotazo, una gran pistola al cinto y sombrero negro, se volvió hacia ellos mostrando su vistosa camisa de tulipanes.

—¿Con que zarzaparrilla, eh?

## ¡DESENFUNDAD, COBARDES!

—amenazó de pronto, colocando una mano sobre la culata de su revólver—. Aja, mira a quién tenemos por aquí... Willy y Vegetta, sé quiénes sois y también a qué habéis venido —dijo, mirando fijamente hacia abajo, a Trotuman y Vakypandy.

—Ejem... —indicó Willy, levantando un dedo—. Vegetta y Willy somos nosotros.

—Este... —el pistolero pareció confundido durante unos segundos—. Ah, sí, claro. **¡Ya basta, listillos!** Tomad esto y seguid las instrucciones. Os habéis librado por esta vez... ¡Pero mucho cuidado conmigo! —añadió amenazante alargándoles un sobre y salió disparado del *saloon* sin pagar su consumición.

Era, sin duda, un peligroso bandido a pesar de su camisa. Vegetta abrió el sobre mientras los cuatro se sentaban a la mesa para disfrutar de los refrescos de zarzaparrilla.

—Es un mapa —dijo Willy.

—El mapa de un tesoro —confirmó Vegetta.

—¿Cómo lo sabes? —preguntó Trotuman.

—Lo pone arriba: **«Mapa del tesoro»**.

—Ah, pues es verdad.

—También hay una nota con instrucciones: debemos ir al lugar marcado con una cruz...

—Típico.

—...y recuperar el tesoro que hay allí. Luego hay que entregarlo en este otro punto —añadió señalando una marca en el mapa—, y allí recibiremos nuevas instrucciones.

—Aquí abajo pone que solo así recuperaremos a Vicente. **¡Malditos cuatreros!** —gruñó Vegetta apretando los dientes—. Se van a enterar.

—No hay duda de que el mensaje lo ha escrito la misma mano que el anterior —dijo Vakypandy.

—¿Cómo lo sabes?

—Ha escrito **«Bicente»**.

—Bueno, todo esto está genial —cortó Trotuman—. Pero no vamos a ir a buscar tesoros ni a atrapar malvados con las tripas vacías. Estaría bien cenar algo.

—Buena idea. Me temo que estamos en el único sitio de la ciudad donde dan comidas —respondió Willy buscando con la mirada al encargado de la barra—.

### ¡Camarero! ¿Qué tiene para comer?

### —¡Whisky y zarzaparrilla!

Ah, no, perdonen. Es la costumbre. Hay tacos, enchiladas y filetones.

A Trotuman se le hizo la boca agua solo de oír el menú. Y también a Willy y Vegetta. Vakypandy pidió una ensalada de hierbas silvestres.

* * * * *

Al cabo de un rato, ya con la tripa llena, pagaron sus consumiciones y también lo que había dejado a deber el pistolero.

—Muchas gracias, forasteros —dijo el encargado—. Se ve que son ustedes buena gente. Les daré un par de consejos.

—Somos todo oídos —contestó Vegetta con una sonrisa de oreja a oreja.

—El primero: tengan cuidado. No hay que ser muy listo para darse cuenta de que se han metido en líos con los primos Tulipanes. Ese que han conocido es Bobo, el más tonto de los tres. Pero no se fíen de sus pintas: son peligrosos... todos.

—Tendremos cuidado. ¿Y el otro consejo? —inquirió Willy.

—Que se cambien de ropa: con ese aspecto de pies tiernos no van a llegar muy lejos.

* * * * *

Decidieron hacerle caso, pero las compras las dejarían para el día siguiente porque era ya de noche y tocaba descansar. Fueron al hotel y pidieron una habitación para cuatro. Mientras cogía un manojo de llaves, el gerente les comentó algunas curiosidades sobre la ciudad.

—Bienvenidos a Gold City, forasteros.

—¿Por qué se llama así? —preguntó Vakypandy—. No hemos visto mucho oro.

—**¡Ja, ja, ja!** Pues claro, amigos. Aquí no hay oro, ni lo ha habido nunca. El nombre lo pusieron para atraer a los turistas, pero solo vinieron buscadores de oro que han llenado de agujeros los alrededores. Han hecho tantos que es un milagro que el condado siga en pie: el territorio parece uno de esos quesos Gruyère .

—Caramba...

—Sí, tengan cuidado con dónde ponen los pies.

Una vez instalados en la habitación, los cuatro amigos, ya solos y bajo la luz de las velas, daban vueltas a un misterio que el relato del gerente había desvelado. Fue Vegetta el primero en decir lo que todos pensaban en voz alta:

—Entonces, si no hay oro...,

## ¿QUÉ CLASE DE TESORO TENEMOS QUE BUSCAR?

# POR EL DESIERTO

El nuevo día amaneció soleado. Quizá demasiado. Ya era hora de ir a buscar a Vicente, así que nada más levantarse fueron a la Tienda de Todo un Poco para ponerse a tono con el Oeste. Había muchas cosas para elegir, pero Vegetta y Willy se decantaron por un par de chalecos negros y sombreros tejanos. También compraron revólveres, con sus fundas y sus cinturones llenos de balas, además de dos pares de botas de *cowboy*. Vakypandy se conformó con un sombrero, pero Trotuman se encaprichó de una típica gorra azul de la caballería con los sables cruzados bordados en hilo dorado.

—Esta gorra me queda de lo más elegante —dijo, mientras se miraba a un espejo.

—No es una gorra, señor, es un kepis —indicó el tendero, puntilloso.

—Pues este *kepis* me queda que ni pintado —replicó Trotuman dándose importancia.

Para acabar de equiparse los amigos compraron un par de caballos, con sus sillas y sus alforjas. Vegetta no pudo evitar un comentario:

—Estoy flipando: sí que es de verdad una «Tienda de Todo un Poco». Tienen alpargatas, teléfonos móviles, latas de judías, caballos...

Por último, unas cuantas provisiones completaron la intendencia necesaria. Les esperaba un largo camino. Con el mapa en la mano, se pusieron en marcha, directos a las montañas. Pero antes, había que cruzar el desierto.

—Parece que hoy va a hacer calor, ¿no? —preguntó Trotuman.

Al cabo de un rato la preguntita seguía flotando en el ambiente. Arena en todas direcciones y el sol pegando de lleno. No se sabía si daba más calor el sol desde arriba o la arena ardiente desde abajo.

A medida que avanzaban el terreno se fue complicando.
Los arenales dieron paso a cañones y cortantes desfiladeros
según se acercaban a las montañas. No había ni una brizna de
hierba, solo algún cardo que otro. Y escorpiones. Los resecos
barrancos formaban un auténtico laberinto en el que se habrían
perdido para siempre sin el mapa. Pero no eran los únicos
peligros a los que tuvieron que enfrentarse: el más terrible
fue la sed. Al comprar los víveres nadie había reparado en aquel
detalle y Trotuman, siempre tan goloso, llenó las cantimploras
con ricos refrescos azucarados en lugar de agua. Ricos y
refrescantes... en una terraza a la sombra, pero en medio
del desierto..., dulzones y recalentados por el sol, daban
más sed de la que quitaban y pronto alguno empezó
a alucinar.

**—¡Mirad, agua! Allí...**

—exclamó Trotuman con la lengua afuera.

—Ya te vale. Es un espejismo. El sol hace brillar el suelo y parece agua, pero no lo es —bufó Vakypandy.

El cansancio se fue haciendo más intenso y las imprudencias por falta de atención no tardaron en producirse. Al llegar a un campo de dunas, Willy se bajó de su caballo y optó por seguir a pie en línea recta. ¡Grave error! Apenas había subido hasta la mitad de la primera duna cuando empezó a hundirse en las arenas movedizas.

**—¡Maldita sea!**
**¡QUE ME TRAGA LA TIERRA!**
**¡AYUDA!**

Vegetta corrió a salvar a su amigo, pero lo único que consiguió fue hundirse también, de forma lenta pero inexorable. Por suerte Vakypandy y Trotuman, que marchaban rezagados y aún no habían llegado a la zona de arenas movedizas, actuaron con rapidez y pusieron a salvo a los caballos.

**—¿Qué hacemos?**
**¡No hay tiempo que perder!**

—dijo Vakypandy.

—Tengo una idea.

Trotuman tomó un rollo de cuerda, ató un cabo a las monturas a toda velocidad y luego lanzó el otro extremo a los dos amigos, cada vez más hundidos.

**—¡He fallado!**
**¡NO TENGO BASTANTE FUERZA!**

—se lamentó Trotuman.

—Espera, se me ocurre algo —le respondió Vakypandy.

Rápida como un rayo, la mascota de Vegetta se metió bajo las piernas de Trotuman y lo cargó a cuestas duna arriba, lo más alto que pudo. Una vez allí él lanzó la cuerda sin problemas hasta las manos de Willy y Vegetta. Las mascotas azuzaron a los caballos para que tiraran fuerte y sacaran a los dos amigos de la trampa en la que habían caído.

—¡UFFFF, POR POCO!

—dijo Vegetta agotado—.

Bravo, chicos. Nos habéis salvado.

—Pero... Vakypandy, ¿cómo has conseguido no hundirte? —preguntó Willy, intrigado.

—Muy fácil: mis pezuñas están hechas para caminar por todo tipo de superficies. Además, peso mucho menos que vosotros y por eso no me hundo en la arena.

—¡Menos mal!

Está claro que a partir de ahora habrá que tener más cuidado —reconoció Vegetta.

—Y caminar en fila india y no en grupo, por si acaso —añadió su mascota.

Todos estuvieron de acuerdo y reanudaron la marcha, pero mantenerse alerta con calor, cansancio y sed no es fácil. Llevaban un buen rato caminando cuando Vakypandy se sentó a descansar bajo la sombra de un pedrusco. Mala idea.

—**¡Cuidado!**
—advirtió Vegetta, pero llegó tarde.

Un escorpión, salido de debajo de una piedra, picó a la mascota en una pata.

—**¡¡ĀAAAYYYY!!**

—Rápido, hay que actuar —gritó Trotuman—. Voy a hacer un corte y chuparte la herida para sacar el veneno.

—**¡Ni lo sueñes!**
**¡Me duele muchoooo!**
—se quejó Vakypandy.

—Lo he visto en un programa de supervivencia.

—Esos programas deberían estar prohibidos. Aparta de ahí.

Y sin decir más, sacó de la mochila un frasquito con antídoto y le echó un buen trago.

—Yo tengo mis propios remedios para este tipo de incidencias... ¡No como otros, que compran refrescos en vez de agua para cruzar el desierto! —Trotuman se puso un poco colorado, pero acto seguido pensó que ojalá tuviera un refresco fresquito a mano para echarle un buen trago.

Los desfiladeros dieron paso a una gran llanura cubierta de cactus enormes. Pero no los típicos cactus altos de las películas, sino unos muy raros con forma de letra «T».

—Nunca había visto plantas como estas —observó Willy, que, a pesar de la sed que le atenazaba la garganta, aún sentía curiosidad por lo que le rodeaba.

—No son plantas, hombre —dijo Vegetta, con el rostro desencajado por la sed y el calor sofocante.

—¿Ah, no? ¿Y qué son?

—**Son caballos,**
**caballos voladores que nos sacarán de aquí.**

Y de pronto, sorprendiendo a todos, Vegetta se montó en el cactus que le pillaba más cerca. Claro, como cabe imaginar se dio cuenta de su alucinación de la forma más dolorosa posible: en apenas un segundo se bajó de su «caballo volador» imaginario con el trasero como un puercoespín.

—A quién se le ocurre... —murmuró Willy.

—Es la sed, que nos vuelve locos... No vamos a salir de aquí vivos, amigo... Pobre Vicente, nunca le salvaremos.

Decidieron hacer un alto en el camino para descansar un poco y quitarle las púas de las posaderas a Vegetta. Tenía unas doscientas, que le dejaron el pantalón hecho un colador.

—Oye, pues voy más fresquito así con los agujeritos —bromeó al acabar, sintiéndose mejor y más recuperado.

—No sabes lo que me alegra oír eso —añadió Trotuman—, **porque yo tengo otra buena noticia.**

—¿Cuál? —preguntó Willy.

—Que se acabó pasar sed.

### —¿Has encontrado una fuente?

—Mejor que eso. Os reíais de mis programas de supervivencia. Pues bien, me acabo de acordar de una cosa que vi.

—¿Cuál?

# —QUE ESTOS CACTUS ESTÁN LLENOS DE AGUA.

Todos le miraron sorprendidos, pero Trotuman tenía la boca demasiado seca para dar discursos y, en lugar de liarse a hablar, tomó un machete y cortó uno de los brazos del cactus que tenía al lado. En efecto, era como una esponja blanca por dentro que, al apretarla, soltaba un chorro de agua muy limpia.

No se lo podían creer. Incluso pensaron que era otra alucinación. Pero no: tenían allí, a su alrededor, miles y miles de litros de agua, toda la que quisieran. Bebieron hasta quedarse a gusto y después dieron de beber a los caballos, sin olvidarse de rellenar a tope las cantimploras.

—Esto ya es otra cosa —dijo Vegetta, con una enorme sonrisa mientras el agua le chorreaba por el pecho—. Ahora seguro que podremos rescatar a Vicente.

## ¡ALLÁ VAMOS!

—No debemos de estar muy lejos. Al otro lado de la llanura de los cactus se levanta una montaña con forma de punta de flecha india. Y allí, se supone, está la cueva donde se esconde el tesoro

—comentó Willy.

—Pues no perdamos más tiempo.

El agua de los cactus les había salvado por los pelos, pero el desierto seguía siendo un lugar amenazador y el calor aún era terrible. Cuando, por fin, llegaron al lugar señalado en el mapa del tesoro, dieron gracias de poder ponerse a la sombra.

Era una amplia caverna que se estrechaba poco a poco, como un embudo. Al fondo se veía, casi en plena oscuridad, una especie de altar de piedra y, tras él, lo que parecía la puerta de acceso a una gruta subterránea.

—**¡Ya era hora!**

—protestó Willy—. Creí que nos íbamos a derretir ahí fuera.

—Y yo —asintió Vegetta.

—Este lugar es muy raro —observó Vakypandy—. Parece una cueva, pero, si os fijáis, se ve que no es natural. Hay marcas por las paredes, como si hubieran excavado con un pico.

—Tienes razón, pero no es eso lo que importa —añadió Trotuman.

—¿Ah, no?

—No, lo importante es eso otro.

Trotuman señaló hacia el altar. Pero no al altar propiamente dicho, sino a lo que había encima.

—**¡Una botella fresquita de mi refresco favorito!**

—exclamó lanzándose a por ella.

—**¡Espera!**

Me parece muy raro que hayan puesto ahí una... —advirtió Willy, pero no pudo acabar su frase.

Apenas Trotuman agarró la botella, fresca y chorreante, un lazo salió disparado del suelo y lo enganchó por las piernas. La mascota quedó colgada como una ristra de chorizos.

—Si es que picas en todas las trampas, Trotuman.

—Es que está tan fresquita —contestó echando un trago. Pero como estaba boca abajo, el refresco le cayó por toda la cara—. **¡Qué asco!**
**¡Bajadme de aquí!**

Vakypandy, haciendo uso de su magia, consiguió liberarlo. Cuando estuvieron todos reunidos se miraron sin pronunciar palabra: allí no había ningún tesoro, así que el camino a seguir estaba claro. Willy y Vegetta sacaron unas linternas y encabezaron la marcha hacia el interior de la gruta.

El acceso era estrecho y bajo, de modo que tuvieron que agacharse para seguir adelante, pero tras caminar unos metros vieron que el túnel se ensanchaba hasta desembocar en una sala amplia, de forma circular, con el techo muy alto. Allí no eran necesarias las linternas, pues en la parte superior de la bóveda se abría un agujero circular, pequeño, pero suficiente para dejar pasar la luz del sol.

En medio de la sala, cuyas paredes de roca también parecían excavadas y estaban cubiertas de pinturas rupestres, vieron algo que no se esperaban.

**¡Un tótem indio de gran altura!** Estaba finamente tallado en madera y cubierto de alegres colores. Era algo fantástico, una antigüedad muy valiosa, sin duda, pero no fue eso lo que les llamó la atención porque, si estaban en el Oeste, era normal que hubiera un tótem indio... Lo que no era tan normal y realmente impresionó a los cuatro amigos fue la decoración del tótem: montones de piedras preciosas lo cubrían de arriba abajo, las había de todos los colores. Justo en ese momento, a la hora del mediodía, la luz del sol entró en vertical por el agujero del techo arrancando destellos deslumbrantes de todas aquellas joyas que dejaron sin respiración a los amigos.

—No hay duda —dijo Vegetta, con cara de pasmo—. Hemos encontrado el tesoro.

—Ya te digo, compañero. Pero... ¿os esperabais algo así?

Tan sorprendidos estaban que nadie contestó. Mientras tanto, diamantes, rubíes, zafiros y esmeraldas fueron llenando el interior de la cueva de luces brillantes que se proyectaban sobre los muros de forma parecida a las bolas de espejos de las discotecas, pero mucho más chulas. El efecto era alucinante, aunque la pregunta que todos se hacían seguía sin respuesta: ¿qué podían hacer con un tesoro como aquel?

# CITA EN
# LA ENCRUCIJADA

—Todo esto es muy extraño —dijo Vegetta mientras se dirigían hacia el punto de encuentro, siguiendo la ruta señalada en el mapa.

—¿A qué te refieres? —preguntó Willy.

—Este tótem... no parecía abandonado. Todo el lugar estaba limpio, cuidado...

—Ahora que lo dices... Es verdad, no había telarañas ni polvo, ¡ni vigilancia! Además, he pensado en otra cosa rara: ¿por que no se lo han llevado los primos Tulipanes si sabían dónde está? No les hacíamos falta para nada.

—Habrá algún motivo que se nos oculta...

—**¡Será por lo que pesa!**

—se quejó Trotuman, a quien le había tocado llevarlo a cuestas en el último turno.

—El tótem es una obra de arte, eso seguro —afirmó Vegetta, sin hacerle caso—. Si no pertenece a una tribu, debería estar en un museo.

—Los que vamos a acabar en un museo somos nosotros —intervino Vakypandy señalando hacia arriba—. ¿Os habéis fijado en que tenemos compañía?

En efecto, el cielo estaba cubierto de buitres, docenas de ellos. Pero eran muy raros, de color entre rosa y fucsia, y con cresta, como los gallos. Parecían aves mitológicas, aunque de una mitología desconocida.

—¡Bah, que vuelen! Tenemos agua, tenemos provisiones... No hay peligro. Y el punto de encuentro no está lejos —respondió Willy, para tranquilizar a sus compañeros, aunque a él tampoco le gustaban esos pajarracos volando sobre sus cabezas.

—Según el mapa, tenemos que llegar a un cruce de vías, ¿no? —preguntó Vakypandy.

—Eso parece.

Habían llegado a una línea férrea. Tenía aspecto de ser muy vieja. Pero eso era lo de menos: sobre las vías pudieron ver algo muy interesante.

—Una carretilla manual —exclamó Trotuman—. ¡Cómo mola!

—¿Por? —preguntó Vakypandy, que no conocía la utilidad del vehículo.

—¿Es que nunca has visto una peli del oeste? Podemos poner el tótem encima. Y luego nos subimos nosotros, le damos a la manivela y vamos directos al cruce de vías, ¡mejor que en una limusina!

—Un poco pequeña, ¿no?

—Bueno, después de ir a pie por este desierto interminable durante horas... **¡es una mejora!** Yo me encargo de darle a la manivela, no te preocupes.

A todos les pareció buena idea. Cargaron el tótem sobre la plataforma, ayudaron a subir a Vakypandy y Trotuman se puso a darle con brío. Primero sonó un poco oxidado, pero enseguida el artefacto echó a andar.

—**¡Adelante!** —gritó Trotuman, lleno de optimismo—. El cruce no puede estar lejos.

—Sí, **¡vamos!** —jaleó Vegetta—. Estoy deseando echar el ojo a esos Tulipanes. Les voy a sacar el paradero de Vicente a tortazos.

No estaban muy lejos, pero la manivela estaba un poco oxidada por la falta de uso y costaba el doble moverla. Al cabo de un rato el cansancio pasó factura a Trotuman. Cuando llegaron, sudaba como una familia de pollos.

—**¡UF! No puedo más!** —resopló enjugándose la frente—. Menos mal que esta vía parece abandonada. ¿Os imagináis si llegamos a cruzarnos con un tren?

—Menuda movida —asintió Vegetta.

—**¡Eh, mirad! Allí hay alguien** —dijo Vakypandy, que iba en la parte delantera de la carretilla.

—Debe de ser uno de los primos Tulipanes —dedujo Willy, que podía ver muy bien desde lo alto de su caballo—. Está solo, pero... no veo a Vicente por ningún lado.

—Vamos a ver qué nos dice —contestó Vegetta con gesto preocupado.

Allí estaba el tipo, apoyado en la palanca del cambio de vías, justo en el cruce. Era sin duda uno de los Tulipanes a juzgar por su camisa. Pero este era más alto y fuerte que el del *saloon* y tenía cara de mal bicho como su caballo, que, a unos pocos metros, mordisqueaba con rabia unas hierbas. El hombre fumaba un gran puro y llevaba al cinto un pistolón enorme. Al acercarse a él, lo que más les llamó la atención fue el buitre posado en su hombro.

Si en el aire parecían raros, de cerca era casi marcianos. Aparte del color chillón, el pajarraco era bizco. Dicen que las mascotas acaban pareciéndose a sus dueños. O al revés. En todo caso, cuando estuvieron lo bastante cerca se dieron cuenta de que el bandido también era un pelín estrábico. Vamos, que tenía un ojo mirando a Alicante y otro a Cuenca. O en este caso, uno a Kansas y otro al Gran Cañón.

—No sé yo cómo apuntará este —dijo Willy, por lo bajo—. Se creerá que con esa enorme pistola nos asusta.

Vegetta rio la broma, aunque seguía muy preocupado.

—¡Ya era hora, forasteros! Se me estaban derritiendo los sesos aquí parado —gruñó el bandido.

—Hemos aprovechado para hacer turismo —le contestó irónico Vegetta— ¿Dónde están los caballos? ¿Dónde está Vicente?

—No tan rápido, no tan rápido. ¿Habéis traído el tótem?

—Pues claro, ahí está. ¿Es que no lo ves?

El primo entrecerró los ojos en la dirección señalada por Vegetta. Distinguía con dificultad el paisaje a los lados de la vía, pero no llegaba a ver el tótem. El buitre le pegó un picotazo en la cocorota. El bandido torció la cabeza por el dolor y fue entonces cuando vio a Trotuman y Vakypandy sobre la carretilla ferroviaria junto al precioso tótem cubierto de joyas que deslumbraban bajo el sol.

—¡Buen trabajo, forasteros!

—¡De nada! ¿Y ahora nos vas a decir dónde está Vicente? —presionó Vegetta, que estaba a punto de estallar. Su mano derecha se posó en la funda de su revólver. Más que nada a modo de amenaza, pues no estaba muy seguro de saber utilizar un arma tan antigua.

—Tranquilo, forastero... —rio el primo Tulipán—. Tu jamelgo está a buen recaudo... en la mina de oro abandonada.

—¿**Cuál de todas?**

—preguntó Vegetta, cada vez más enfadado—.

**¡Esto está lleno de minas abandonadas!**

—Eso es verdad —contestó el bandido, rascándose la cabeza—. Este condado parece un queso de Burgos.

—Será de Gruyère —corrigió Willy.

—De donde sea, no me gusta el queso. Tomad. La localización está aquí, en este papel.

—¿**Otro mensajito?**

—dijo Willy con desconfianza.

—Pues sí, es lo que hay.

# ¡Y CUIDADITO CONMIGO!

Willy y Vegetta echaron un vistazo a la hoja. Era un plano con instrucciones. La mina en cuestión no estaba lejos.

—No hay duda de que este plano es de vuestro puño y letra —observó Vegetta—. Habéis escrito **«Mina havandonada»**.

—**¡Qué bestias!** Y fíjate cómo han puesto mi nombre —intervino Willy—: **«BBilly»**.

**¡Con dos bes!**

—**¡YA BASTA!** No estamos aquí para discutir de ortografía, forasteros. Yo me largo con el botín y vosotros más vale que vayáis a por vuestros jamelgos.

—Un momento. **¡Alto! ¿No pensarás que vamos a dejar que te lleves el tótem a cambio de un papel?**

¿Qué garantías tenemos de que los caballos están donde dices? —inquirió Vegetta, cada vez más furioso.

—¿**Garantías?** —rio el bandido—.

**¿Os gusta esta?**

—preguntó, desenfundando el revólver.

Pero aquel Tulipán no se esperaba que Willy y Vegetta desenfundaran sus propias armas y le apuntaran con mayor rapidez. Visiblemente nervioso, notó un molesto cosquilleo en las tripas mientras la tensión subía por momentos. De pronto, el bandido se echó a reír a carcajadas.

—¡**Fantástico, forasteros!**

No he visto a nadie desenfundar tan rápido en toda mi vida, pero aún os queda mucho que aprender sobre el Oeste.

—Eso está por ver —le dijo Willy—, de momento tú te vienes con nosotros. Comprobaremos que Vicente y los demás caballos están donde dices, y luego nos acompañarás a entregar el tótem a las autoridades para que hagan con él y contigo lo que corresponda.

—Así se habla —aplaudió Vegetta las palabras de su amigo—. Vuestro plan acaba de esfumarse. Me temo que los que tenéis mucho que aprender sois vosotros... y no solo ortografía.

—¡Hay que ver lo listos que sois! ¡Menudo planazo!

—rompió a reír el bandido—. Pero no, forasteros, las cosas no van a ser así. Yo me llevaré el tótem y luego podréis recoger vuestros jamelgos.

Y dicho y hecho, el malvado cargó el tótem en su caballo, haciendo caso omiso de las armas que le apuntaban.

Willy y Vegetta se sorprendieron de su cara dura, pero no estaban dispuestos a dejar que el Tulipán se saliera con la suya. Se miraron y, de mutuo acuerdo, dispararon a la vez, apuntándole a los pies como advertencia.

«CLIC, CLIC».

Vegetta, Willy, Trotuman y Vakypandy cruzaron sus miradas sin articular palabra.

—**JAJAJÁ.** Hay que ver, pies tiernos, **«Clic, clic»** —repitió partiéndose de risa. Sois valientes, no cabe duda, pero se nota que también sois novatos en esto de los revólveres...

**¡Habéis olvidado cargarlos!**

**¡Están vacíos!**

Mirad y aprended, el mío siempre lleva puestas sus seis balas, **JAJAJÁ.**

En un abrir y cerrar de ojos sacó su pistolón, apuntó a los dos amigos y disparó al suelo, también en plan advertencia. Sonó un estampido seco y luego el silbido de la bala rebotando y perdiéndose en la inmensidad del desierto.

—Aún me quedan cinco tiros: suficientes para acabar con todos vosotros y encenderme un cigarro después... Pero no os preocupéis por Vicente y los demás caballos.

**¡No los necesitamos para nada!**

—volvió a reír con una risa escalofriante—. Con lo que vale este tótem podremos comprar todos los caballos de la caballería.

**¡Y aún sobrará dinero!**

Resignados, Willy y Vegetta guardaron sus revólveres. No obstante, el segundo aún tenía una duda que resolver:

—Está bien, tú ganas. Pero contéstame a algo: ¿por qué toda esta movida? ¿No podíais haber ido vosotros mismos a por el tótem?

—**Esto...** —dudó unos segundos—. **No, no... porque...**

**¡Porque no nos da la gana!**

Somos malos profesionales y actuamos así. Venga, arreando. Marchaos a por vuestros caballos en cuanto me perdáis de vista.

—Me parece que eso va a llevar un rato —susurró Vakypandy a Trotuman.

En efecto, el bandido no se apañaba muy bien. El tótem era grande y pesado, y no resultaba fácil llevarlo sobre un solo caballo.

—¿Por qué no lo cargas en la carretilla, como hemos hecho nosotros? —propuso Willy, que veía que el tipo no se iba a marchar en la vida.

—Claro que sí —dijo Trotuman—. Es muy fácil: solo hay que mover la manivela. Y te echaremos una mano para arrancar.

El malvado primo aceptó la oferta. Cargaron el tótem de nuevo sobre la carretilla y poco después ya estaba en camino, vía adelante, dándole a la manivela para arriba y para abajo.

—¡Hale, buen viaje! Y no te preocupes por los trenes, que es una vía muerta —comentó Willy, a modo de despedida.

—Esto no es un **«adiós»**, amigo —atajó Vegetta—. Es un **«hasta luego».** Nos volveremos a ver. Nadie se lleva a Vicente y se va de rositas...

—Anda que... Vaya pinta que tiene el tío, ahí, en la carretilla —dijo Trotuman—. ¿Estaba yo igual de ridículo hace un rato?

—Me temo que sí —contestó Vakypandy, riendo—. Solo que sin el buitre bizco al hombro.

—Pues vaya.


Poco a poco el bandido se fue alejando en dirección al horizonte. Los dos amigos y sus mascotas se quedaron allí, mirando, asqueados por lo mal que había salido todo.

—Mira que olvidar cargar las armas —gruñó Vegetta.

—Hemos caído como unos pardillos —asintió Willy.

—Os dije que erais unos pies tiernos —sonrió Vakypandy, y este gesto extrañó a todos.

—¿Y por qué te ríes? —preguntó Trotuman.

—Porque en previsión de algo así, tomé una precaución.

—¿Qué has hecho? —inquirió Vegetta a su mascota.

—Durante el viaje sobre la carretilla aproveché para colocar un localizador electrónico en el tótem. Vaya adonde vaya, podremos encontrarlo.

—¡Buena idea! —aplaudió Vegetta, más animado—. Pero, ¿de dónde lo sacaste?

—Lo compré en la Tienda de Todo un Poco. Realmente tenían de todo...

—Genial. Al menos alguien pensó con la cabeza en esa tienda —comentó Willy, satisfecho.

—Es verdad, pero... —interrumpió Trotuman, dándose por aludido.

—Pero ¿qué?

—**Silencio, escuchad.**

Todos se callaron y aguzaron los oídos. De pronto escucharon un ruido muy curioso en la lejanía. Aún se percibía muy apagado, pero era inconfundible.

—No me digas que...

—Sí, sí que lo parece...

—¿Es un...?

—¡Sí que lo es!
¡Es el silbato de una locomotora!

—O sea, que no es una vía muerta, después de todo.

—Pues hemos tenido suerte.

—Pero entonces... El bandido está perdido.

# ¡Y CON ÉL EL TÓTEM!

—No os creáis —observó Vakypandy—,
mirad qué marcha lleva.

A lo lejos, consciente de que un tren le pisaba los talones, el primo Tulipán le daba a la manivela a toda mecha. Parecía un dibujo animado, pero su esfuerzo estaba surtiendo efecto, pues conseguía mantener la distancia.

—A ese paso llegará por los pelos a Gold City.

—Sí... Siempre que no se canse.

—Por suerte para él, estos trenes de vapor no son muy rápidos —observó Willy mientras terminaba de preparar el equipo.

—Esperemos que no le pase nada al tótem.

—Bueno, ya tendremos tiempo de preocuparnos del tótem y de esos malditos primos después, ahora a lo nuestro. El mapa señala un lugar en dirección a las montañas cerca de aquí.

—**¡Vamos!** —contestó Vegetta, que estaba deseando encontrar cuanto antes a su amigo—.

## ¡A POR VICENTE!

## —¡EN MARCHA!

—respondieron todos a una.

Lo que no advirtieron es que, sobre las colinas, muchos pares de ojos los habían estado mirando y ahora los seguían de cerca. ¡Y no eran los buitres!

# EMBOSCADA

El camino hasta las montañas estaba resultando de lo más peculiar. El desierto había dado paso a una extensa pradera de hierbas azules, muy altas, bordeada por colinas. Parecía un mar extraterrestre en el que emergían islas aquí y allá. Era un lugar hermoso, aunque también inquietante. Un silencio absoluto lo llenaba todo y nuestros amigos caminaban muy atentos, temiendo caer en una trampa de un momento a otro.

—¿Y si no está Vicente? —murmuró Vegetta—. Ha sido un error dejar escapar a ese forajido.

—Cálmate, recuerda que el tótem lleva el localizador —le tranquilizó Willy—. A mí me preocupa más otra cosa.

—¿Qué?

—¿No notáis nada raro? Este lugar no es normal. Es como si las colinas tuvieran ojos y nos estuvieran mirando.

Todos tenían esa sensación desde que se habían adentrado en la pradera, aunque ninguno había visto nada. Solo Vakypandy, en una ocasión, creyó vislumbrar algo sobre una de las cimas, pero la sensación duró apenas un segundo y desapareció de inmediato.

—Tal vez los Tulipanes estén esperando a que lleguemos para acabar con nosotros —aventuró Trotuman.

—Ojalá —sentenció Vegetta—. Así les veremos las caras de nuevo y ahora no nos pillarán con los revólveres descargados.

* * * * *

Fuera lo que fuera, no se manifestó. Las horas siguientes, hasta que la noche cayó sobre el Oeste, transcurrieron sin incidentes. El atardecer llenó el cielo de tonos fantásticos, un crepúsculo espectacular como pocas veces habían visto.

—Qué bonito —dijo Vakypandy—. Si Gold City merece ese nombre, es por este color dorado del cielo.

—¡Cómo mola!

—Ya que nos hemos parado, podemos acampar aquí. Está oscureciendo.

—Pero, ¿y Vicente? —preguntó Vegetta, mirando preocupado hacia las montañas.

—Tranquilo. No le pasará nada por unas horas más —dijo Willy—. Y si nos perdemos en medio de estos parajes, entonces sí que no le ayudaremos. Necesitamos descansar para poder afrontar cualquier trampa.

Vegetta reconoció que su amigo tenía razón. Descargaron los caballos, desenrollaron los sacos de dormir y, tras cenar unas latas de judías calentadas al fuego, en el más puro estilo del Oeste, se tumbaron al raso para pasar la noche.

## —¡QUÉ BONITO!

—dijeron todos a la vez, apenas se apagaron los últimos rescoldos del fuego.

Sobre sus cabezas, el cielo, de un color negro profundo, resplandecía cubierto de estrellas. Miles y miles, formando dibujos de lo más sorprendentes.

—En Pueblo nunca vemos tantas estrellas. Y eso que el cielo allí también es bonito.

—Es que allí hay mucha luz en las calles por la noche, pero aquí la oscuridad es absoluta.

—¡Mirad!

# ¡UNA ESTRELLA FUGAZ!

## —¡Y OTRA!

### —Hay que pedir un deseo...

Cada cual pensó en voz baja su deseo, aunque todos, probablemente, tuvieron la misma idea: encontrar a Vicente sano y salvo. Trotuman, además, deseó unas cuantas pizzas. Si habían pasado dos estrellas fugaces, se podían pedir dos deseos, ¿no?

El cielo era tan alucinante y la noche tan buena que ninguno quería dormirse. Durante un buen rato jugaron a adivinar la forma de las constelaciones.

—Esa es la Osa Mayor.

—No parece una osa. Más bien un cazo.

—Y aquella debe de ser Casiopea.

—Parece una «W». De «Willy».

—Pues aquella de allí es la constelación del Unicornio.

—A mí me parece un martillo...

—¿Y qué es esa estela blanca que cruza el cielo?

—Eso es la Vía Láctea, la galaxia en la que vivimos.

Fascinados por un espectáculo tan poco habitual, disfrutaron y rieron con sus propias ocurrencias hasta que fueron durmiéndose uno a uno. El silencio, roto solo de vez en cuando por el aullido muy lejano de un coyote, lo llenó todo. Solo Trotuman se despertó una vez en mitad de la noche con la sensación inquietante de que muchos ojos lo miraban fijamente, pero, convenciéndose a sí mismo de que eran imaginaciones suyas, volvió a dormirse.

Apenas salió el sol, recogieron sus cosas y se prepararon para continuar la marcha. Fue mientras hacía el desayuno cuando Trotuman se dio cuenta de que algo había pasado durante la noche.

—¿**Quién se ha comido las galletas?** —preguntó.

—¿A qué te refieres? —se interesó Vakypandy.

—A que teníamos una provisión de galletas para desayunar y ahora no queda ni una.

—Pues como no hayan sido los coyotes...

—Esto es muy, pero que muy raro —insistió la mascota de Willy.

—No es lo único misterioso, mirad —observó Vegetta—. La hierba ha cambiado de color durante la noche. Ahora es violeta.

—Es cierto... ¿cuál será la causa? —se preguntó Willy.

—Ni idea. Es bonito... Aunque también... muy extraño —fue la respuesta de Vegetta.


Por el camino hacia la mina abandonada, Vakypandy se dio cuenta de otro detalle:

—Estamos volviendo a Gold City.

—¿En serio?

—Claro que sí. No hace falta fijarse en el mapa: cuando salimos de la ciudad teníamos el norte a la derecha, y ahora está a la izquierda. Hemos estado dando una vuelta enorme.

—Es verdad —observó Willy, echando un vistazo al mapa.

—Sin duda los primos Tulipanes lo planearon así aposta... Me pregunto por qué.

—Está claro: no querían andar mucho para esconder a Vicente. **¡Además de malos, son unos vagos!**

—¡Bah! Pues mejor, así acabaremos antes.

Aparte de esto, y de la sensación de ser vigilados, no ocurrió nada hasta llegar a la mina. Su entrada era un enorme agujero en la pared rocosa, sujeto con vigas de madera bastante antiguas. Había un gran cartel sobre la puerta:

# —«BIENVENIDOS A MINA HAVANDONADA»

—leyó Willy, sorprendido—. Por una vez los primos de marras han escrito algo bien. Bueno, más o menos bien.

—Vamos adentro, rápido —dijo Vegetta, que estaba muy ansioso por reencontrarse con Vicente—. Los caballos deben de estar en el interior.

El acceso a la mina era muy amplio. Unos viejos raíles cruzaban el centro de la galería, en dirección a las profundidades. Y allí dentro, en la oscuridad, Vegetta escuchó un relincho que le resultó muy familiar.

—¡Vicente! ¡Amigo mío! ¡Por fin! —exclamó, mientras corría hacia el lugar del que procedía el sonido.

—¡Vegetta, espera! —advirtió Willy—. Podría haber alguna trampa.

Pero Vegetta no le hizo caso. Tenía tantas ganas de abrazar a su viejo amigo que se adentró en la mina sin pensar en las consecuencias. Por suerte no había ninguna trampa. Allí, en una gran sala excavada en la piedra, estaban Vicente y los demás caballos robados. Vegetta se lanzó al cuello del animal, le dio un gran abrazo y lo llenó de besos.

# —¡POR FIN!

Si no llegas a estar aquí, juro que habría hecho papilla a esos malditos Tulipanes.

Willy y las dos mascotas llegaron de inmediato. Habían tomado precauciones, pues a esas alturas no se fiaban un pelo. Sin embargo, no ocurrió nada.

—Bueno —dijo Willy—, parece que todo va bien.

—Yo no me fiaría mucho —observó Vakypandy.

—A ver…, lo importante es que hemos encontrado a Vicente y a sus compañeros —afirmó Vegetta con lágrimas de felicidad en los ojos—. Ahora solo nos queda salir de aquí y volver a casa.

—Te olvidas de dar su merecido a los primos Tulipanes, ¿no? —preguntó Willy, con una sonrisilla.

—Ah, sí, eso también. Pero lo primero es lo primero.

—¡Bien! Propongo volver a Gold City para darnos una comilona y un buen baño. Ya está bien de pasar penalidades por este desierto —dijo Trotuman.

—Me parece buena idea —respondió Willy mientras todos se encaminaban hacia la salida guiando a los caballos—. Después de todo, estamos al lado.

En el exterior de la mina todo seguía casi igual: el sol en lo alto, la
hierba violeta... Sí, todo era fantástico... salvo ese «casi». Willy fue
el primero en hablar corrigiendo su optimismo inicial:

—Vaya... Quería decir que no tardaremos mucho en llegar...
si todos estos no tienen inconveniente en que nos larguemos.

—¿De dónde han salido?
—preguntó Vegetta.

Los recién llegados no parecían precisamente amigos, su
aspecto era más bien hostil. Un centenar de indios con sus plumas,
sus caballos, sus pinturas de guerra, sus arcos y sus flechas los
rodeaban por todas partes.

Por si quedaba alguna duda, el que tenía pinta más feroz se ocupó de aclarar las cosas, debía de ser el jefe:

—NOSOTROS **NO SER** AMIGOS —declaró con voz grave—.

VOSOTROS ROBAR TÓTEM SAGRADO.
VOSOTROS SUFRIR TORTURAS EN POSTE DE POBLADO.

—Adiós comilona —lloriqueó Trotuman mientras los indios les ataban las manos y se los llevaban a la fuerza.

# ¡ESTAMOS EN APUROS!

El poblado indio estaba cerca de la gran montaña con forma de punta de flecha. No tardaron mucho en llegar.

—Vamos de mal en peor —se quejó Trotuman—. No teníamos bastante con unos bandidos y ahora nos cogen prisioneros los indios.

—Ánimo, no será para tanto —le tranquilizó Vegetta—. Pronto sabremos lo que quieren.

—¿Es que no está claro? **¡Van a hacerse un llavero con vuestras cabelleras, un jersey con Vakypandy y un cenicero con mi precioso caparazón!**

El ambiente no estaba para bromas. En mitad del poblado se concentraba el resto de la tribu, todos con caras de pocos amigos. Y en el centro se levantaba un poste. Solo había uno, así que... tenía que ser el de las torturas.

—Vamos a estar un poco apretados, me parece —observó Vakypandy, mientras los ataban.

—Uffff, aquí no se puede respirar —se quejó Trotuman cuando acabaron.

—¿Qué vais a hacernos? —preguntó Willy a los indios.

—Vosotros esperar a gran chamán. Él decidir vuestro destino.

—Ya... ¿Y nuestros caballos? —preguntó Vegetta.

—Ahora ser *nuestros* caballos —respondió el indio, dándoles la espalda sin más explicaciones.

—Mirad... un misterio resuelto —dijo Vakypandy, señalando hacia la multitud—. Ahí están tus galletas, Trotuman.

Efectivamente, los indios que los habían capturado estaban repartiéndolas entre las mujeres y los niños de la tribu.

—**¡Malditos ladrones!** —gruñó Trotuman—. Habría que denunciarlos ante... ante la ONU, por lo menos.

—Sí que parecen hambrientos —observó Vegetta—. Esta gente debe de ser muy pobre.

—Bueno... —dijo Trotuman, enternecido al ver a los niños—. Está bien, que las disfruten. Estas galletas del Oeste están buenísimas.

Justo en ese momento, un toque de tambores anunció algo solemne. Se abrió uno de los tipis más cercanos y una nube de humo azulado lo envolvió todo. De repente, como una aparición, surgió el chamán. Con aquellas pintas tenía que ser él, sin ninguna duda. Era un hombre alto y, por su aspecto, parecía bastante viejo, aunque casi no se le veía la cara porque llevaba, a modo de sombrero, una cabeza de búfalo casi tan grande como él. Un taparrabos con dibujos geométricos, unos mocasines de piel y un montón de pulseras y collares completaban su atuendo. Al salir de la tienda elevó los brazos hacia el cielo en lo que parecía una invocación a los dioses de la pradera. Pero no, no era eso: estaba apartando el humo, que le hacía toser.

—Rostros pálidos ser malvenidos. Yo ser chamán Chocatuspalmas.

—Es un nombre de lo más original —dijo Willy intentando caerle bien.

—Yo preferir chocar palmas a fumar pipa de la paz —contestó altivo, señalando la humareda que salía de la tienda.

—Yo soy Willy, este es mi amigo Vegetta. Y ellos son nuestras mascotas, Vakypandy y Trotuman.

# —¡YA BASTA! —gruñó el chamán—.

## ¡Yo saber quién ser vosotros!

## Vosotros robar nuestro tótem sagrado.

Exploradores veros en nuestras tierras de caza. Luego tótem volar y vosotros hablar mucho de tótem.

—Bueno..., pero las cosas no han sido exactamente así —quiso aclarar Vegetta—. Nosotros veníamos a otra cosa...

—...y nos hemos visto metidos en un lío de narices —terminó Willy.

—**¿Narices?** —preguntó el chamán, tocándose las suyas, que eran bastante grandes—.

## ¿Vosotros reír de chamán?

Entre la multitud se produjo un estallido de gritos al estilo indio.

—**Nosotros matar vosotros.**
**Luego torturar**
**para arrancar paradero tótem**
—sentenció.

—Será al revés, ¿no?

—**¡SILENCIO!** —gritó el chamán—. Vosotros robar tótem y esconder. Eso ser muy grave. Nosotros matar vosotros y luego asar cabra y hacer sopa con tortuga.

Trotuman y Vakypandy se estremecieron ante la propuesta de menú.

—No, un momento... señor chamán —prosiguió Vegetta con tono conciliador—. Déjeme explicarle. Nosotros no tenemos el tótem. Se lo llevaron los primos...

—**¡TULIPANES!** —berreó el chamán, y todos sus paisanos contestaron gritando al estilo indio.

La situación ponía los pelos de punta. Cuando todos se callaron, el chamán se quedó unos segundos en silencio. Vegetta y Willy aprovecharon para explicar con mucho tacto todo lo que había ocurrido: el secuestro de Vicente, el chantaje, la búsqueda del tótem, cómo los primos les habían obligado a entregárselo y el más malvado de ellos se lo había llevado por la vía del tren.

—No sabíamos que, en realidad, lo estábamos robando. Pensábamos que estaba abandonado y que los Tulipanes lo querían por las joyas. Ahora sabemos por qué no fueron a por él ellos mismos —concluyó con rabia Vegetta.

—¡Ah, **rostros pálidos!** Ahora yo entender muchas cosas —dijo el chamán—.Tulipanes ser lo peor de esta tierra. Ellos dominar Gold City. Allí todos temer. En territorio indio no ser bienvenidos. Por eso engatusar pardillos blancos.

—¿Se refiere a nosotros? —preguntó Trotuman.

—Me temo que sí —respondió Vakypandy.

—No somos pardillos —objetó Vegetta—. Somos víctimas de los Tulipanes. Tuvimos que hacerlo para salvar a Vicente.

—Yo entender amor por caballo —dijo el chamán, con una sonrisa amable—.

# ¡PERO ESO NO SALVAR!

—gruñó cambiando el gesto de golpe, con un violento movimiento que casi se le cae la cabeza de búfalo al suelo—.

## ¿Rostros pálidos saber la importancia del tótem sagrado?

—Ni idea —fue la respuesta de Willy.

—Aunque sospecho que nos lo va a contar enseguida, ¿verdad? —susurró Vegetta.

—Tótem pertenecer tribu desde muchas lunas.

—Entiendo... —dijo Trotuman, en plan amistoso—. Tiene un gran valor sentimental.

—¡Tótem no sentimental!

—tronó el chamán Chocatuspalmas—.

# ¡TÓTEM SER PODEROSO!
## ¡TÓTEM TRAER LLUVIAS!

Primavera nosotros hacer ritual con danza alrededor tótem. Ahora ser época propicia...

### ¡Y tótem desaparecer
### por vuestra culpa!

Si no devolver pronto para realizar ritual, no llover ni gota y tribu morir de hambre.

—Pero... puede llover aunque no hagáis el ritual —observó Willy.

### —¡No ritual, no llover!
### ¿Ver hierbas pradera?

—Sí... Tenían un bonito color azul —comentó Vakypandy—. Bueno, luego se volvió violeta. Pero también era bonito.

### —¡Color no bonito!

No lluvia, hierbas ponerse azules. Luego violetas, moradas, negras... después muerte y ganado quedar sin pasto y morir también. No lluvia, no comida para tribu.

—Ah... Ya lo pillo —dijo Vegetta—. Es como en Pueblo, que tenemos el lema **«Cultivar, recoger, festín»**. Amigos, me temo que sin tótem no haber festín... Digo... que no habrá festín. Se me está pegando el acento local.

—Ahora entiendo que robaran mis galletas... Pobrecillos, qué hambre tienen —murmuró Trotuman.

—Ritual necesario rápido —afirmó el chamán—. Chamán tener solución.

# —UFFFF, MENOS MAL

—dijeron los cuatro a la vez.

—Haberlo dicho antes, hombre.

—¿Y en qué consiste esa solución?

—Solución ser sencilla —aseguró Chocatuspalmas con una sonrisa de oreja a oreja al tiempo que abría los brazos hacia el cielo—. No tótem, chamán contentar dioses con sacrificios humanos —dijo, señalando a Willy y Vegetta—. No tótem, chamán contentar espíritus con banquete mascotas —añadió, relamiéndose mientras pensaba en la sopa de tortuga.

## —¡UN MOMENTO, UN MOMENTO!

—gritó Trotuman, que se veía metido en un caldero—. Con el debido respeto, yo a ese plan le veo fallos por todas partes.

—A mí tampoco me gusta un pelo —dijo Vakypandy, mientras Willy y Vegetta asentían, preocupados.

—Chamán no tener otro remedio, chamán necesitar lluvia.

Dicho esto, el chamán hizo un gesto con la mano en dirección al poste de las torturas y varios indios se acercaron empuñando sus *tomahawk*. La cosa pintaba fatal. Vegetta fue el primero en hablar.

## —¡ESPERE, ESPERE!

Sí que puede haber otro remedio.

—Chamán necesitar sacrificios. Espíritus contentos traer lluvias.

—Sí, sí, no lo dudo. Pero nosotros tener tecnología. Esto... poder comunicar espíritus para recuperar el tótem rápido —habló Vegetta en indio para que le entendieran todos.

—Claro —afirmó Willy, ansioso por saber qué había pensado su amigo—. Hay que innovar.

—**¿Innovar?** —preguntó el chamán.

—Sí, sí —continuó Vegetta—. Imagino que hace mucho tiempo que no practicáis sacrificios, ¿verdad?

—Pues... —el chamán se quedó pensativo—. Yo tener tótem, sacrificios no ser necesarios.

—Ya me lo imaginaba. Le voy a proponer otro plan: suéltenos y recuperaremos el tótem. No solo eso: capturaremos a los primos Tulipanes y se los entregaremos, para torturarlos un poco.

—**Hum...** —bufó el chamán—. Rostros pálidos siempre hablar con lengua de serpiente.

—Confíe en nosotros —intervino Willy—. Somos gente legal. Y, si es necesario, alguno de nosotros se puede quedar aquí de rehén. Trotuman, por ejemplo.

—**¡Sí, hombre!** —gritó el aludido—. Para capturar a esos bandidos se necesita a un héroe de acción. Y ese soy yo. Mejor que se quede mi kepis.

—Cabra quedarse —dijo entonces el chamán, señalando a Vakypandy con ojos brillosos.

—Ni hablar —protestó la mascota.

—La necesitamos, gran chamán —suplicó Vegetta—. Tiene poderes mágicos.

—**¿Poderes mágicos? Chamán querer ver.**

—Ahora mismo —se apresuró Vakypandy, que tampoco tenía muchas ganas de verse en una sartén.

Cerró los ojos, se concentró durante unos instantes y algo prodigioso empezó a ocurrir. Ante los ojos atónitos de la tribu, las cuerdas que los ataban al poste empezaron a brillar con una luz azulada. Luego comenzaron a moverse como si bailaran y, en cuestión de segundos, las ligaduras se habían aflojado. Willy, Vegetta y las dos mascotas eran libres otra vez. Un murmullo de asombro llenó el poblado.

—Cabra tener poder —dijo el chamán—. Vosotros viajar con animal mágico. Ser buena gente.

—Claro que sí, ya se lo hemos dicho.

—¿No se nos nota en la cara? —preguntó Willy.

—Chamán no notar. Rostros pálidos todos parecer iguales —se rio el chamán.

—Entonces, ¿podemos ir a buscar a los primos Tulipanes para traer de vuelta el tótem?

—Tribu tener que deliberar. Vosotros esperar chamán.

Mientras el chamán se dirigía a los ancianos de la tribu en su propia lengua, Trotuman no pudo evitar hacerle una pregunta a Vakypandy:

—¿Por qué no nos has desatado antes?

—Es que estábamos tan apretados que me costaba concentrarme. Además, la perspectiva de acabar formando parte del menú no me molaba nada.

—Lol... Bueno, a ver qué deciden —dijo Willy.


La deliberación no duró mucho. Unos minutos después el chamán volvía frente a los cuatro amigos para explicarles cuál iba a ser su destino.

—**Tribu confiar.** Rostros pálidos recuperar tótem y capturar Tulipanes.

—Estupendo —gritó Vegetta, con entusiasmo, mientras se dirigía hacia donde estaban los caballos—. Nos vamos ahora mismo.

—**¡ALTO!** Chamán no terminar.

—¿Cómo?

—Chamán ir con rostros pálidos.

Willy y Vegetta se miraron. Aquel anciano, con sus pintas estrafalarias, llamaba mucho la atención. No era precisamente el mejor refuerzo para una misión que iba a requerir, con toda seguridad, pasar lo más desapercibidos posible. Sin embargo, no tenían otra opción. Al fin y al cabo era justo: aunque de forma involuntaria, habían dejado a la tribu en una situación delicada. Ambos sonrieron y le ofrecieron al chamán las palmas, para chocarlas.

—**¡Chamán acompañar rostros pálidos!**
—dijo, entusiasmado, mientras chocaba
los cinco con Willy y Vegetta.

—Me parece que la aventura de verdad comienza ahora —comentó Willy mientras preparaba su caballo.

—¿Por dónde empezamos? —preguntó Vegetta, contento de poder cabalgar de nuevo sobre su querido Vicente.

—Bueno, eso dejádmelo a mí —respondió Vakypandy—. El localizador señala una dirección muy precisa: Gold City.

Y así, a la caída de la tarde, el curioso grupo puso rumbo hacia la ciudad minera en la que no había ninguna mina productiva, pero sí una banda de forajidos peligrosos a quienes no les gustaban los juegos.

# GOLD CITY, CIUDAD SIN LEY

—¿Cómo se llama vuestro poblado? —preguntó Willy a Chocatuspalmas, para entablar conversación.

—Poblados indios no tener nombre —fue su lacónica respuesta.

—¿Anda, y eso? —se interesó Vegetta, feliz a lomos de Vicente.

—Nombre no ser necesario —repuso el chamán—. Hoy nosotros aquí, mañana allí. Indios moverse por la pradera, seguir caza y cuidar cosechas. Indios poner nombre a cada poblado, indios volverse locos.

—Tiene su lógica —admitió Vakypandy, mientras manejaba el localizador.

—¿Qué dice la máquina? —le preguntó Trotuman.

—Que estamos cada vez más cerca.

—Mirad, debemos darnos prisa. Las hierbas se están oscureciendo. Y me temo que eso no es buena señal.

—Color más oscuro, hierbas morir.

Al cabo de unos minutos el curioso grupo estaba a las afueras de Gold City. El pitido del localizador no dejaba lugar a dudas: la señal provenía de un punto muy concreto situado a más o menos un kilómetro de las primeras casas.

—Esto parece un vertedero —observó Willy.

—*ES* **el vertedero** —confirmó Vegetta, temiendo lo peor.

Vakypandy y Trotuman se adelantaron, siguiendo la señal. En cuestión de segundos estaban ante un montón de basura y escombros. Allí, en el entorno más triste que cabía imaginar, se erguía el tótem sobre los desechos de Gold City. Pero no estaba completo.

—Los primos Tulipanes le han quitado las piedras preciosas y han tirado la talla a la basura —dijo Willy, visiblemente molesto, cuando llegó hasta allí.

—MALDITOS CANALLAS —gruñó Vegetta detrás de él—. No solo roban una obra de arte, sino que la destrozan.

—¿Qué esperabais? —preguntó Trotuman—. ¿Que lo metiesen en una urna sellada y lo llevaran a un museo? Hasta ahora no han demostrado tener demasiadas luces.

—Pero esto es una salvajada...

—Ser el fin —dijo el chamán, casi en un susurro, completamente abatido y sin ninguna gana de chocar las palmas.

—Bueno, al menos tenemos el tótem. Deberíamos llevarlo a la cueva sagrada para empezar el ritual de la lluvia —propuso Willy.

—Vosotros no entender, rostros pálidos... Magia no funcionar sin joyas. No joyas, no lluvia. Campos morir. Tribu pasar hambre.

—No podemos permitir eso —aseguró Vegetta—. Hay que recuperar las joyas.

—Buena idea.

—Excelente idea.

—Incluso diría... ¡magnífica idea! —remató Trotuman en último lugar.

—Pero... ¿cómo encontrarlas? —interrumpió Vakypandy—. El localizador nos ha traído hasta la talla del tótem, pero no tenemos ni idea de dónde pueden estar las piedras preciosas.

Todos quedaron en silencio ante esta atinada observación. Por unos momentos nadie supo qué decir ante el triste futuro que se avecinaba. Vegetta fue el primero en reaccionar:

—Amigos, tampoco hay cuarenta soluciones a este problema: los primos Tulipanes han robado el tótem, luego ellos tienen las piedras.

—O al menos conocen su paradero —continuó Willy el razonamiento de su amigo—. Solo tenemos que ir y preguntarles amablemente qué han hecho con ellas.

—¿«Solo»? —preguntó Trotuman, con cara de susto—. Os recuerdo que son malvados pistoleros y forajidos. No estoy muy seguro de que vayan a responder a nuestras preguntas con la misma amabilidad.

—Era una forma de hablar, Trotuman —dijo Willy—. Sin duda esto nos lo vamos a tener que trabajar un poco.

—Estoy deseándolo —añadió Vegetta—. A fin de cuentas, se lo debemos a la tribu: aunque haya sido sin mala voluntad por nuestra parte, fuimos nosotros los que pusimos el tótem en manos de esos bandidos.

—De acuerdo. Ocultemos la talla para que no se deteriore ni se pierda. Luego recuperaremos las joyas y volveremos a colocarlas en su sitio —propuso Willy.

—¡Y a los Tulipanes también los pondremos en su sitio! —zanjó Vegetta.

—¿Cabeza abajo en un jardín? —preguntó Vakypandy.

—No, en la cárcel.

—Chamán estar de acuerdo —dijo el anciano, chocando las palmas con sus nuevos amigos.

Tras esconder el tótem, el grupo se acercó a Gold City para descubrir que las cosas no iban a ser tan sencillas.

—¿Y por dónde empezamos? —preguntó Willy.

Hubo un momento de silencio antes de que Vegetta le contestara.

—Creo que lo mejor es acudir al *sheriff*. Él sabrá mejor que nadie dónde se esconden los primos cuando están en la ciudad.

A todos les pareció buena idea. La oficina del *sheriff* se encontraba al principio de la calle principal. Era una barraca de una planta, cuadrada, con tejado a dos aguas y un par de ventanas con rejas. En la fachada había algunos viejos carteles de «Se busca», con la cara de algunos tipos con mala pinta.

—¡Brrrr! —dijo Vakypandy—. Estos tíos de las fotos dan miedo.

—Tranquila, el *sheriff* se ocupará de ellos —observó Willy.

Llamaron a la puerta y de inmediato resonó una voz seca en el interior:

# —¡LARGO DE AQUÍ!

—No parece muy amistoso —observó Trotuman.

—Chamán conocer esa voz.

Sin hacer caso al anciano, Willy empujó la puerta y los demás le siguieron. Allí, con los pies sobre la mesa del despacho, sesteaba el primo tonto de los Tulipanes, el mismo que habían conocido en el saloon. Sobre su chaleco brillaba una estrella de *sheriff*

—**¿Otra vez vosotros, forasteros?** —gruñó—. Se supone que ya deberíais haberos largado de la ciudad.

—Resulta que tenemos algún asuntillo pendiente.

—No me digas, forastero. Pues no me consta nada de eso.

—¿Pero a ti quién te ha nombrado *sheriff*? —preguntó Trotuman conteniendo la risa al ver la estrella del revés—. Por cierto, llevas la bragueta abierta.

—No es asunto tuyo, forastero —dijo abrochándose—. Para que te enteres, me ha dado el puesto mi primo mayor.

—¿Al *sheriff* no tienen que elegirlo los ciudadanos? —quiso saber Vegetta.

—Eso será en vuestro pueblo. Aquí manda mi primo.

—Vale vale, tranquilo. Lo que queremos saber es dónde podemos encontrar ciertas joyas perdidas —preguntó Willy, sin andarse por las ramas.

—**¿Joyas? ¿Qué joyas?** —preguntó el Tulipán con una sonrisa boba—. **¿Os habéis creído que soy tonto?** Ah, no, forasteros, **¡no voy a picar!** No pienso deciros que las piedras del tótem están guardadas en el banco —afirmó con un tono malicioso.

—Por supuesto, lo comprendemos —contestó Willy, dedicándole la mejor de sus sonrisas—. Eres demasiado listo para nosotros, *sheriff*. No te molestamos más. Ya nos vamos.

Y así, haciendo esfuerzos por aguantar la risa, los cinco amigos salieron de nuevo a la calle con toda la información que necesitaban. El primero en hablar fue Chocatuspalmas.

—Aquí solo haber un banco: llamar Gold Bank, pero ser una ruina.

—No me extraña... si no hay oro, para el director del banco un ingreso de piedras preciosas no puede haber pasado desapercibido —observó Vegetta—. Es nuestro deber informarle de que son robadas. Seguro que entenderá la situación.

—Yo tener mal presentimiento —añadió el chamán.

—Tranquilo, en todo caso, no tendremos que caminar mucho —dijo Trotuman, con cara de satisfacción.

En efecto, el Gold Bank estaba al otro lado de la calle. Era un edificio blanco, de dos plantas, construido en ladrillo y no en madera, como el resto de la ciudad. Parecía bastante sólido, aunque su fachada estaba un poco envejecida y el cartel colgaba de un lado, medio torcido. Estaba claro que le hacía falta un poco de mantenimiento y una mano de pintura. El acceso principal era a través de una puerta acristalada que daba paso a un amplio vestíbulo con mostradores de madera. Un empleado solitario bostezaba en su puesto. Al verlos entrar, abrió los ojos como platos.

—¡Clientes! —gritó—. ¡Por fin! Vengan, vengan por aquí, señores. ¿Desean abrir una cuenta? Las tenemos de todo tipo. ¿O van a solicitar un préstamo? Tenemos ofertas muy ventajosas, con un ridículo interés del 50% semanal. ¡Una ganga!

—Es usted muy amable —dijo Vegetta, tratando de calmarle—, pero no venimos a contratar semejante chollo. Lo que queremos es advertirle sobre ciertas piedras preciosas que han sido depositadas en este banco.

—Oh, vaya... **Qué desilusión.**
¿Piedras?
**Ah, ¡sí! Ya sé a qué piedras se refieren.**
**¿Tal vez desean comprarlas?**
—preguntó, recuperando algo de su entusiasmo inicial—. Para eso deberán hablar con el director. Su despacho está tras esa puerta. Yo mismo les acompañaré.

—No se preocupe. Nosotros mismos nos presentaremos. A fin de cuentas, no hay nadie esperando, ¿verdad? —afirmó Vegetta con retintín.

—Pues... es cierto —reconoció el empleado volviendo a su puesto mientras se rascaba la barbilla.

Trotuman, Vakypandy y el chamán se quedaron en el vestíbulo, vigilando por si acaso aparecían los primos Tulipanes, mientras que Willy y Vegetta se dirigieron al despacho del director. No tenían muy clara cuál iba a ser su reacción cuando le contaran el origen de las joyas, pero confiaban en la honradez legendaria de los banqueros.

—Buenos días —dijo Vegetta, nada más empujar la puerta.

Y no pudo decir nada más, debido al asombro. Allí, sentado en una lujosa silla frente a una mesa de caoba cubierta de documentos, estaba el director del banco. Su rostro era familiar, pero por si cabía alguna duda, bajo su elegante traje de color crema lucía una inconfundible camisa estampada de tulipanes.

—Este debe de ser el primo que faltaba —supuso Willy en voz baja.

—Eso me temo —contestó Vegetta.

### —¡Os estoy oyendo, forasteros!

—gritó el tercero de los primos, el más listo de todos, y también el más malvado, el jefe de la banda—.

## Malditos entrometidos.
### ¿Qué hacéis aquí?

—Lo sabes muy bien, bandido: queremos las joyas del tótem.

—¿Es que no os basta con haber recuperado vuestros caballos?

—De eso ya hablaremos —dijo Vegetta, con fuego en la mirada.

—¿Las joyas, decís? ¿Y qué pretendéis? ¿Que os las regale? Porque estoy seguro de que no tenéis dinero para comprarlas.

—No queremos comprarlas. Tienes que devolvérselas a la tribu: las necesitan para el ritual de la lluvia.

—¡Paparruchas! —fue la respuesta del Tulipán—. Tonterías de salvajes. Las joyas están mejor aquí, donde contribuirán a la prosperidad de Gold City. Y a la mía, dicho sea de paso.

—¡Pero si no llueve, será un desastre!

—No me preocupa lo más mínimo: con el dinero que me den por ellas podré irme a vivir a otro sitio con mejor clima. ¡JA, JA, JA! —rio el malvado a pleno pulmón.

—Si no nos las das por las buenas —le cortó Vegetta—, entonces tendremos que...

Hizo ademán de sacar su revólver, y Willy le secundó, pero en ese momento entró Chocatuspalmas.

—¡Amigos, NOSOTROS ESTAR EN APUROS!

Detrás de él aparecieron los otros dos primos, el falso *sheriff* y el que se había llevado el tótem en la carretilla ferroviaria. Era la primera vez que nuestros protagonistas se veían las caras con todos.

—Vaya... Qué agradable reunión familiar —ironizó Willy, guardando de nuevo su arma en la funda.

Vegetta hizo lo mismo, pues los dos primos recién llegados apuntaban con sus revólveres a Trotuman y Vakypandy, a quienes habían tomado como rehenes.

—Bien hecho, muchachos —dijo el banquero tramposo, con una gran sonrisa llena de maldad—. En cuanto a vosotros, forasteros, creo que no hay nada más que hablar. Tenéis dos horas para largaros de mi ciudad. Debo advertiros de que, además del dueño del banco, soy el alcalde. Si no desaparecéis de mi vista, os juzgaremos como a vulgares delincuentes y acabaréis colgados de una cuerda.

—¿Y quién nos va a juzgar, si en este pueblo no hay juzgado ni juez? —preguntó Willy.

—Es cierto —observó, pensativo, el banquero Tulipán—. Qué buena idea me has dado. Querido primo —dijo dirigiéndose al de la carretilla—, **te nombro juez de Gold City.**

Ahora ya tenemos cada uno un cargo: alcalde, juez y *sheriff*. **La ciudad es nuestra del todo!** Y vosotros, forasteros, **¡largo!** **No pintáis nada aquí.**

—Esto no va a quedar así: recuperaremos esas joyas —dijo Vegetta—. Y nos vengaremos por lo que le habéis hecho a Vicente, a la tribu y a toda esta ciudad.

—Vaya, vaya —replicó el banquero, mirando su reloj de bolsillo—. ¿Os dije que teníais dos horas, verdad? Pues me temo que han pasado ya. Es que mi reloj se adelanta un poco.

**¡Muchachos, acabad con esta panda de idiotas!**

En ese momento Trotuman, en un alarde de valor, se zafó de la mano del Tulipán que le sujetaba y pegó un empujón al otro, que estaba a punto de disparar sobre su amiga Vakypandy. Al hacerlo, el torpe *sheriff* perdió el equilibrio, cayó de espaldas y se le disparó el revólver, al intentar desenfundar con torpeza. La bala rebotó en el suelo, subió hasta el techo y pegó en una lámpara, con tan buena puntería que cortó el cable que la sujetaba. Esta se desplomó sobre la cabeza del jefe y lo dejó fuera de combate.

Willy y Vegetta sacaron sus revólveres y dispararon al aire para aumentar la confusión, mientras el chamán golpeaba con su bastón en plena cara al recién nombrado juez de Gold City.

Vakypandy, aprovechando el desconcierto, creó una esfera protectora mágica, envolvió con ella a Trotuman y, de pronto, se desvanecieron en la nada, ante el asombro de los bandidos. Willy, Vegetta y Chocatuspalmas salieron por pies. O, mejor dicho, por la ventana. En el Oeste los cristales se rompen con más facilidad que en otros lugares y, además, no te cortas con ellos.

## ¡Lo sabe cualquiera que haya visto una peli de vaqueros!

Con nuestros amigos a salvo el juego de los dos bandos quedaba a la vista y la partida, de momento, estaba en tablas. Sin embargo, tenían el tiempo en su contra: si el ritual no se realizaba enseguida, las consecuencias serían desastrosas.

# UN PLAN MÁS O MENOS ELABORADO

**—¡CORRED, CORRED!**

—gritó Willy, al saltar por la ventana del banco.

Vegetta y Chocatuspalmas, con una agilidad impresionante, salieron como un rayo por la calle principal, saltaron sobre sus caballos y trotaron a toda pastilla hacia la salida de Gold City. Desde las ventanas del banco, los tres primos Tulipanes, ya repuestos, disparaban sus armas contra los fugitivos, pero por suerte tenían una puntería nefasta y sus revólveres Colt del Oeste, muy poco alcance. En unos minutos nuestros amigos estaban fuera de la ciudad.

**—¡Uffff, por poco!**

—Sí, nos hemos salvado por los pelos.

—Menos mal que esos tíos disparan fatal...

**—Chamán no recuperar tótem. Chamán fracasar.**

—Bueno, tranquilo, de momento ya sabemos dónde están las piedras preciosas —animó Vegetta.

—Sí, ahora hay que encontrar a Trotuman y Vakypandy. La esfera mágica puede haberles transportado a cualquier sitio —comentó Willy.

—Ya... No pueden estar muy lejos, su alcance es limitado.

—Animal mágico estar cerca, donde esconder talla.

—Pues es bastante lógico, la verdad... Es como nuestro punto de encuentro —reflexionó Vegetta.

**—Chamán no creer, chamán ver.**

En efecto, como indicaba Chocatuspalmas, las dos mascotas se acababan de reintegrar junto al vertedero, donde habían escondido el tótem.

—Vakypandy, esta esfera mágica tuya nos ha salvado el pellejo —dijo Trotuman.

—Sí, ya... pero tengo un mareo...

—¿De dónde sacaste este hechizo? Nunca te había visto hacer nada parecido.

—Lo encontré en un antiguo libro de magia. Pero no pienso volver a hacerlo.

**¡Qué de vueltas!**

**—¡Chicos!**

—exclamó Vegetta, visiblemente contento—.

**¿Cómo estáis?**

—Todo bien... —respondió Vakypandy—. Un poco mareada.

—Como para no estarlo... Ya está bien de correr aventuras con el estómago vacío —soltó Trotuman.

Todos rieron, sobre todo el chamán, que chocó sus palmas con la mascota de Willy. Pero antes había algunos temas que cerrar.

—Hay que recuperar las joyas como sea. No podemos perder más tiempo —aseguró Vegetta.

—Chamán estar de acuerdo.

—Sí, **¿pero cómo?** Esos tipos no nos las van a dar por las buenas. Y la ciudad está por completo en sus manos. Esos matones ocupan todos los cargos y tienen a los habitantes atemorizados. No creo que nos vayan a ayudar.

—Tenemos que actuar ya mismo. Si no puede ser de otra manera, habrá que hacerlo por las malas. **¡Vamos a asaltar el banco!** —propuso Willy.

Sus palabras resonaron con un eco extraño en los oídos de todos. Vegetta fue el primero en reaccionar.

—Amigo mío, nosotros no somos ladrones...

—Claro que no. **¡Los ladrones son ellos!** Nosotros no vamos a robar nada: vamos a recuperar las piedras preciosas. Pertenecen a la tribu y ellos se las han arrebatado.

—Visto así, no me parece mal —asintió Vegetta—. **Vamos a ser un poco como Robin Hood.**

—**¡Eso es!** Y de paso...

—De paso quitaremos de en medio a esos bandidos. Vengaremos el secuestro del pobre Vicente y pondremos a los Tulipanes en manos de la Justicia.

—De la Justicia de verdad —puntualizó Willy.

—**¡Estupendo!** **Hay que trazar un plan de inmediato.**

Mientras todos se ponían a pensar el modo de asaltar banco, Trotuman, por su cuenta y riesgo, decidió volver a la ciudad. Se moría por unos tacos mexicanos. De paso, traería comida para todos. Como no quería tener un mal encuentro con los Tulipanes, se disfrazó con una chaqueta azul que llevaba en el equipaje y se caló el kepis hasta los ojos. Si no se le miraba mucho, parecía un soldado de la caballería, aunque sin caballo. Willy, Vegetta y los demás, concentrados en lo suyo, no se dieron cuenta de que se había marchado.

—Lo haremos al amanecer —dijo Vegetta—. Así los pillaremos por sorpresa.

—Yo propongo que uno de nosotros dispare desde la calle principal, para llamar la atención, mientras otros entran por detrás y se llevan las joyas de la caja fuerte.

—Necesitar dinamita —aseguró Chocatuspalmas.

—Gold City está trufada de galerías. Podremos ir por ellas hasta debajo del banco y entonces, **¡BUM!** Volar el suelo, entrar en el banco y llevarnos las piedras —propuso Willy.

—Necesitar dinamita —repitió el chamán.

—No tenemos.

—Podemos comprarla en la Tienda de Todo un Poco —dijo Vakypandy, que era fan.

—Pero entonces nos verán venir... El factor sorpresa es fundamental.

—Esto es un follón...

**¿Y si entramos al banco por arriba, desde un globo?**

—planteó Vegetta.

—¿Y de dónde vamos a sacar un globo? ¿De la Tienda de Todo un Poco? —insistió la mascota.

—**Estamos en un bucle, ¿os dais cuenta?**

—protestó Willy.

En estas andaban nuestros amigos cuando regresó Trotuman con su disfraz de soldado improvisado y una bolsa de papel llena de tacos y burritos.

—¿De qué habláis? —les preguntó, mientras distribuía la comida.

—Estamos preparando el plan para asaltar el banco —fue la respuesta de Vakypandy.

—Ah, sí. Me había dado esa impresión. Pues casi mejor que no os molestéis. —Todos se quedaron mirando a Trotuman—. Sí, sí, no me miréis con esas caras.

—**¿Pero qué dices?**
—preguntó Willy a su mascota.

—Que las joyas no van a estar en el banco. Mientras compraba los tacos...

—**¿Has ido a la ciudad?**

—Claro... ¿De dónde os pensáis que ha salido esta comida? Bueno, pues eso: que mientras estaba allí, me he enterado de algo que puede ser importante —Trotuman puso una sonrisa irónica—: los Tulipanes se llevan las piedras.

—**¿Cómo que se las llevan?**
—inquirió Vegetta.

—Que se huelen que vamos a hacer algo, así que las van a trasladar en diligencia a un banco más seguro, en otra ciudad más grande.

—**¡Maldita sea!**
¿Y cuándo sale esa diligencia?

—Está saliendo ya —fue la respuesta de Trotuman—. Acabo de verla.

—Entonces hay que actuar ya —zanjó Vegetta—. Pero... debemos trazar un plan para asaltar la diligencia. Otro plan...

—Yo tengo uno —dijo Willy—. Nos montamos en nuestros caballos, nos tapamos la cara con unos pañuelos para que no nos reconozcan y atacamos la diligencia por sorpresa.

—Es un plan simple, desde luego —observó Vegetta—, pero le veo un problema: ¿y si los de la diligencia se resisten? Tampoco se trata de ir pegando tiros así, a lo loco... A ver si nos van a dar.

—Es verdad —dijo Willy.

—Se me ocurre una idea —intervino Vakypandy—. Si disparan, intervendré yo con algún truco de magia protectora.

—Eso podría ser eficaz —reconoció Willy—. Pero,
**¿te atreverás a montar a caballo para venir con nosotros?**
Si vas a tu paso, no podrás seguirnos.

—Entonces montaré. Qué remedio...

—Yo te llevaré —dijo entonces Trotuman—. Tranquila, Vakypandy, estás con el mejor.

—Chocatuspalmas, tú que conoces el terreno: ¿cuál es el mejor sitio para interceptar la diligencia? —preguntó Vegetta.

—Cruce de caminos La Calavera. Siempre que alguien asaltar la diligencia, hacerlo ahí.

—Vaya nombrecito. Da miedo —dijo Vakypandy.

—**¡Ja, ja, ja!** —rio el chamán—. Chocatuspalmas no tener miedo. Aquí nombres ser así. Cruce ser normal.

—Entonces no hay tiempo que perder, la diligencia está saliendo de Gold City con el tesoro —advirtió Trotuman.

Todos montaron a caballo con rapidez. Trotuman y Vakypandy iban juntos haciendo equilibrios de mala manera sobre un viejo jamelgo de los hermanos Ovejero.

—Esto no es tan complicado como parece —dijo la mascota de Willy—. O sí... No lo sé.

—**¡Hay que darse prisa!** —contestó Vakypandy—. Las hierbas de la pradera están casi negras.

—Pradera necesitar ritual —observó el chamán, inquieto.

* * * * *

A toda velocidad cabalgaron hasta el cruce de La Calavera. Como habían ido por un atajo que conocía el chamán, llegaron unos minutos antes que la diligencia. Eso les dio ventaja para entender el porqué del nombrecito: junto al cruce se levantaba una gran roca redondeada que, con mucha imaginación, podía recordar la forma de una calavera humana.

—A mí me parece más bien una pera —dijo Trotuman.

—Discutiremos eso más tarde, amigo. Ahí está nuestro objetivo —cortó Vegetta.

Traqueteando y levantando una nube de polvo, la diligencia estaba a punto de llegar. No llevaba pasajeros, solo se veía un cofre escoltado por el conductor y su acompañante, sin duda matones a sueldo de la banda de los Tulipanes.

—Escondámonos detrás de la pera... o de la calavera. En cuanto lleguen, nos ponemos en medio y les apuntamos todos a la vez —dijo Willy.

—¡Así me gustan a mí los planes!
¡Sin complicaciones!

—murmuró Trotuman.

Aguardaron unos minutos. En cuanto sintieron el ruido de la diligencia ya al lado, Willy, Vegetta, Trotuman y Chocatuspalmas se pusieron los pañuelos sobre la cara para no ser reconocidos y se colocaron en medio del camino. Vakypandy, también tapada con un pañuelo, quedó en una discreta retaguardia, por si había que intervenir.

# –¡ARRIBA LAS MANOS!

—gritó Vegetta, que fue el primero en salir.

Los de la diligencia no se lo esperaban. El conductor tiró de las riendas instintivamente y el carruaje se paró en seco. Su acompañante, un pistolero experimentado, había hecho ademán de apuntar a los asaltantes con su rifle Winchester, pero no tuvo tiempo: el frenazo le proyectó hacia adelante y cayó al suelo como un saco de patatas.

—¡Qué tortazo!
Este sí que ha sido un efecto colateral inesperado
—rio Trotuman.

# —¡VAMOS,
## BAJA DE LA DILIGENCIA!

—gritó Willy al conductor mientras Vegetta
desarmaba al matón caído.

Mientras los dos amigos neutralizaban a los bandidos, Trotuman, Vakypandy y Chocatuspalmas se hicieron con el cofre para abrirlo. Trotuman lo intentó sin éxito con una ganzúa.

—**¿De dónde has sacado eso?**
—preguntó Vakypandy.

—De la Tienda de Todo un Poco, tienen de todo, oye.

—¿Y sabes usarla?

—No.

—Pues entonces déjame a mí.

Y sin más, Vakypandy se concentró y, por medio de la magia, hizo saltar los cerrojos de acero uno a uno.

—Así es más fácil —dijo levantando la tapa.

Todos quedaron deslumbrados por el espectáculo del tesoro. Aunque ya las habían visto antes sobre el tótem, el resplandor de las piedras preciosas amontonadas hizo palidecer el sol. Y eso que estaba pegando bien.

# —¡QUE NO VEO!
—gritó Trotuman.

—Estar todas —dijo satisfecho el chamán, al tiempo que chocaba las palmas con la deslumbrada mascota de Willy—. Chamán colocar en tótem y realizar ritual.

—**¡Vamos con ello entonces!** **¡A toda pastilla!** —exclamó Vegetta.

—Y vosotros, volved Gold City y contad a vuestro jefe lo que ha pasado, pero... tendréis que ir andando —advirtió Willy a los matones. Dio entonces una fuerte palmada en la grupa de uno de los caballos de la diligencia, que salió corriendo junto a su compañero, llevándose lejos el carruaje vacío.

—**¡Nos las pagaréis!** —dijo uno de los matones.

—Sí, sí, como tú quieras, pero venga, **¡aire!** —zanjó Willy.

\* \* \* \* \*

Todo parecía ir bien. Felices porque el asalto había resultado tan fácil y poco violento, los cinco amigos retomaron el camino por el que habían venido y enseguida llegaron de nuevo al vertedero. Sin perder un segundo sacaron el tótem de su escondrijo y, siguiendo las indicaciones de Chocatuspalmas, se apresuraron a colocar las piedras. Por suerte, Trotuman había comprado pegamento en la Tienda de Todo un Poco.

—Tú sí que eres previsor, Trotuman —dijo Vegetta.

—Qué va. Es que estaba de oferta. Ya sabéis: va uno a una tienda de estas y no puede resistirse. Es todo tan barato... —comentó mirando a Vakypandy por el rabillo del ojo.

Enseguida el tótem volvió a estar como nuevo, con todas las joyas, rubíes, zafiros, esmeraldas y demás en su sitio. Willy y Vegetta se apresuraron a cargarlo sobre uno de los caballos de los hermanos Ovejero para llevarlo cuanto antes a la cueva sagrada. Mientras, Chocatuspalmas, Trotuman y Vakypandy irían al poblado para avisar a la tribu de que su aventura había sido un éxito.

Sí, todo iba como una seda. Salvo por un pequeño detalle que nadie había tenido en cuenta...

## —¡QUIETOS AHÍ, FORASTEROS!

—gruñó la voz del jefe de los Tulipanes.

Allí, acompañado de sus dos primos y de los dos tipos de la diligencia, estaba de nuevo su peor pesadilla.

### —¡No me lo puedo creer!
### ¿Cómo habéis podido dar con nosotros?

—preguntó atónito Willy.

—Bueno, a pesar de vuestros ridículos pañuelos era bastante fácil imaginar quién había dado el golpe —contestó el jefe—. Cinco ladrones, entre ellos una cabra y una tortuga, por no hablar del indio con la cabeza de bisonte... Un plan muy cuidado, sí señor. Incluyendo la escapada... ¿adónde? Oh, al vertedero, cerquita de la talla, mira tú qué bien —concluyó con voz burlona.

—Pues sí, os lo hemos puesto facilito —replicó Vegetta visiblemente molesto—. ¿Y ahora qué?

**—No vamos a devolverte el tótem, maldito chorizo**
—advirtió Willy, desenfundando su revólver, gesto que fue imitado por Vegetta simultáneamente.

**—Vaya vaya...**
Parece que estamos en un punto muerto —se rio el malvado jefe de los Tulipanes—. Pero me temo que los muertos vais a ser vosotros.
**Dos revólveres contra cinco... ¡JAJAJÁ!**

**¡Estáis perdidos, forasteros! Os espera una bala... o la horca.**

# EL GRAN DUELO

Vegetta, que estaba ya harto de las maldades de los primos Tulipanes, fue el primero en disparar. Lo hizo a los pies de los bandidos, que se asustaron y corrieron a esconderse. Willy disparó al aire para crear más confusión y así dar tiempo a sus amigos a ocultarse. Mientras, Trotuman puso a Vakypandy a salvo detrás del caballo que llevaba el tótem a cuestas, llevándola en volandas.

—Aquí estarás segura. Los bandidos no dispararán hacia aquí, no querrán dañar las piedras preciosas —le dijo a su amiga y se lanzó rodando como un queso de bola hacia el escondite donde estaban Chocatuspalmas, Willy y Vegetta disparando contra los malos. Los bandidos, a su vez, respondían no solo con tiros, sino con insultos.

—¡No escaparéis,
        ratas de vertedero!
                —gruñó el jefe.

—Lo mismo digo,
        ladrón de caballos indefensos
                —respondió Vegetta.

—Jefe —dijo uno de los secuaces—, el duelo debería ser en la calle principal, no aquí. Es la costumbre.

—¡Déjate de costumbres y dispara,
                idiota!

El ruido era ensordecedor, tiros por aquí y por allá, y balas rebotando por todas partes, aunque, por suerte, nadie daba en el blanco. El escándalo era tal que se oía desde el pueblo. Poco a poco, con prudencia, pero también con curiosidad, los vecinos de Gold City se fueron acercando. A los pocos minutos estaba allí todo el mundo: el tabernero, el herrero, las chicas del *saloon*, el tendero, el chino de la lavandería, los mineros... Menudo espectáculo para un sitio tan remoto como Gold City. Y encima gratis.

—Esto es una locura —dijo Willy, agachado tras su escondrijo—. Al final alguien va a resultar herido.

—**¡YO!** —gritó uno de los secuaces—. **¡Me habéis herido, forasteros! ¡AGGHH, ME MUERO!**

—¿Pero qué dices, tontaina? —soltó el jefe de la banda.

—¿Es que no ve la sangre, jefe?

En efecto, el pistolero tenía la camisa llena de gotas de sangre, desperdigadas por aquí y por allá.

—**¡Imbécil, te está sangrando la nariz!** ¡Como siempre que te pones nervioso!

—Ah, pues es verdad —reconoció el bandido, restregándose las manos por la cara.

Aquello era un derroche de balas. Todos disparando contra todos, sin orden ni concierto. ¡Y menos mal que nadie acertaba! Pero claro, una cosa así tampoco puede durar mucho rato.

—Me estoy quedando sin balas —advirtió Vegetta mirando su cinturón.

—Yo también —le contestó Willy.

—**¿Es que las balas se acaban?** —preguntó Trotuman, algo asustado.

—Pues claro, hombre. ¿Qué te creías?

—¿No has comprado más balas en la Tienda de Todo un Poco?

—Pues... no —contestó Trotuman—. No se me ocurrió. **Pensé que era como en las películas, que no se terminaban nunca.**

—Esto va a ser un problema.

—Bueno, también se les acabarán a ellos. Estaría bueno que esto, al final, se resolviera a tortas.

Era una posibilidad. Sin embargo, los malos eran más y tenían más municiones. La situación estaba llegando a un punto muy tenso, que culminó cuando la pistola de Willy hizo un sonoro «¡clic, clic!» que todo el mundo pudo escuchar.

—¡AJÁ! ¡Os quedáis sin balas, forasteros! —gritó el jefe de los Tulipanes, sin ocultar su satisfacción—. Ha llegado vuestra hora.

—Todavía nos queda alguna —respondió Willy disimulando—. Andaos con cuidado.

—Muchachos —ordenó el jefe, sin hacer caso de lo que había oído—. Vamos a asaltar su posición. Les ganaremos por superioridad.

—Pero... primo, ¿y si nos dan? Imagínate que me matan a mí, por ejemplo.

—¡Le pondremos tu nombre a una calle, no te digo! ¿Quién manda aquí? ¿Yo, verdad? ¡PUES AL ATAQUE!

En ese momento Vegetta disparó su revólver y la bala impactó a dos centímetros del sombrero de uno de los primos, que empezó a gritar como si le hubiesen volado la cabeza. Willy se acercó al chamán y le susurró algo al oído.

**—¡Ser verdad!**

—gritó Chocatuspalmas.

—¿Qué le has dicho? —preguntó Vegetta.

—Ahora verás...

Chocatuspalmas bajó el tótem del caballo, lo puso de pie sobre la tierra y, sin más, se puso a bailar a su alrededor al tiempo que entonaba un curioso cántico tribal. No se entendía ni una palabra, pero sonaba bien.

Todo el mundo, buenos, malos y público en general, quedó alucinado con la escena. Hasta tal punto que el tiroteo se detuvo por unos instantes. Y, cosa curiosa, a medida que el chamán bailaba y cantaba, el cielo se iba cubriendo de nubes. Primero unas nubecillas finas, blancas, algodonosas. Luego unas más espesas. Y pronto unos nubarrones de lo más negros. De pronto, un trueno. Y a continuación las primeras gotas de lluvia.

**—¡Bravo, Willy!**

Le has dicho que baile la danza de la lluvia.

# ¡Y FUNCIONA!

—Ya te digo que funciona, amigo mío. Si la magia está en el tótem, ¿qué más da que baile aquí o en la cueva?

—Pues tienes toda la razón, pero... ¿cuánto tiempo entretendrá a los primos Tulipanes?

—Es que me pareció más urgente lo de la sequía.

—En fin... Hay que estar alerta. No bajemos la guardia.

La danza de la lluvia detuvo el tiroteo unos minutos, pero pronto los Tulipanes, sobre todo su malvado jefe, recuperaron sus ganas de atacar.

—Vale, muy bonito el espectáculo —dijo el jefe—.
Pero **¡se acabó la fiesta!**

Muchachos, preparaos para salir pistola en mano y acabar con esos malditos forasteros. Ya me han causado bastantes problemas.

—Pero, primo, nos vamos a mojar.

**—¡Si no hacéis lo que os digo, os doy de collejas aquí mismo!**

Los bandidos, a regañadientes, salieron de sus escondites, apuntando con sus armas hacia donde estaban Willy y Vegetta. El chamán, mientras tanto, seguía con su danza, y la lluvia empezaba a ser ya bastante copiosa. Era un auténtico chaparrón con tintes de diluvio. Al menos las cosechas se salvarían e incluso se veía que la pradera recuperaba poco a poco su color original.

Era una buena noticia, pero delante de los amigos había cinco delincuentes armados (y empapados). Trotuman y Vakypandy se sumaron al ataque defensivo, no habían venido desde tan lejos para perderse el reto final.

—Vamos allá, Vegetta. Mejor hacerles frente de una vez.

—Sí. De momento hemos conseguido que vuelva la lluvia. Con un poco de suerte, aún podemos ganar esta batalla.

Había que afrontar con valor y optimismo aquella situación desigual, las cosas estaban muy complicadas. Pero Vakypandy había preparado un conjuro defensivo, aunque estaba agotada por el hechizo anterior y no sabía si tendría magia suficiente para detener una avalancha de tiros.

Allí estaban todos, frente a frente. La escena era surrealista. Un duelo bajo la lluvia, con todo Gold City presente, y de fondo el cántico monótono del chamán.

—¡FUEGO!

—ordenó el jefe de los primos Tulipanes.

Algunos vecinos de Gold City se taparon los oídos para no quedar sordos por el estruendo. Pero no se oyó ni un tiro. En lugar de eso, se escuchó un curioso concierto de «clic, clic, clic» «clic, clic, clic» «clic, clic»

—La lluvia ha empapado la pólvora. Por eso las armas no disparan —dijo Vakypandy, que había entendido lo que pasaba.

—Genial —dijo Willy aliviado—. Entonces vamos a resolver esto de otra manera.

—**¡Ya era hora!**
—contestó Vegetta, que tenía ganas de repartir tortazos entre los Tulipanes desde que secuestraron a Vicente.

En un momento se armó la marimorena. Vakypandy y Chocatuspalmas no entraron en la pelea, de modo que eran tres contra cinco, pero los bandidos no estaban tan en forma como Willy, Vegetta y Trotuman, que se movían con más agilidad.

Con todo, la superioridad numérica tenía su importancia. Nuestros amigos habían conseguido librarse de los dos matones a sueldo, que cayeron redondos al primer puñetazo. Sin embargo, los primos parecían más duros de pelar. La pelea estaba igualada hasta que, de pronto, algo ocurrió.

—¡Vamos a por ellos!

—¡Sí! ¡Acabemos con los Tulipanes!

—¡Es nuestra oportunidad!

Los habitantes de Gold City, hartos de las fechorías de los primos, reaccionaron todos a una para ayudar a los forasteros, que hasta entonces habían sido los únicos en atreverse a desafiar la tiranía de los malvados Tulipanes. Estos, viendo lo feas que se ponían las cosas, hicieron lo único que saben hacer bien los malos cuando las cosas se tuercen:

—¡Hay que largarse de aquí!
¡A los caballos!

No hizo falta repetirlo. Los tres bandidos y sus dos secuaces saltaron a la grupa de sus animales y se alejaron a toda velocidad, aprovechando la ventaja de tener monturas más frescas. Pero en ese preciso instante un estrépito como un trueno, aunque más largo y profundo, lo llenó todo. Pero no hubo ningún relámpago... Los bandidos se estremecieron por el ruido sin detenerse. Willy y Vegetta, a su vez, corrieron hacia sus caballos. ¡No iban a dejar escapar a los Tulipanes! Algunos vecinos intentaban descabalgar a sus antiguos opresores tirándoles piedras a su paso, y alguna que otra hortaliza campestre.

Los primos habían perdido la partida y solo les quedaba salvar el pellejo. Sin embargo, apenas habían empezado a trotar por la pradera, que se estaba volviendo cada vez más verde, cuando se dieron cuenta de que el origen del tremendo estruendo era la tribu en pleno a caballo, que se acercaba a gran velocidad hacia ellos. Es lo que tiene «hacer amigos» en todas partes y durante tanto tiempo...

Los ciudadanos de Gold City se preocuparon ante la irrupción inesperada de los indios, pero Willy y Vegetta se apresuraron a tranquilizarles:

—¡No pasa nada!
      ¡Son amigos!

—¡Están con nosotros!

Atrapados entre dos fuegos, los Tulipanes prefirieron entregarse a los forasteros, temerosos de que los indios les cortaran la cabellera sin más preámbulos. Los dos amigos detuvieron a los bandidos, los ataron y se los entregaron a la gente de Gold City para que los metieran en la cárcel a la espera de juicio.

Una auténtica multitud se había reunido en aquel raro lugar a las afueras de la ciudad: Willy, Vegetta, sus mascotas, casi todo Gold City al completo y un centenar de indios a caballo con sus pinturas de guerra. Era una estampa que no tenía desperdicio. Y en medio de todos: el chamán, que había seguido bailando la danza de la lluvia hasta que, de pronto, se detuvo, se colocó bien la cabeza de bisonte y miró al personal, como esperando un aplauso. Hubo un segundo de silencio, pero de pronto todos se arrancaron a aplaudir. No era para menos, después de los momentos de gran tensión que habían vivido, todo había acabado bien. Sin duda aquella jornada sería recordada durante años. Había sido el día más extraño y lleno de aventuras de toda la historia de Gold City y sus alrededores. Aunque... ¿seguro que había acabado la cosa?

Un gran silencio llenó la pradera, solo interrumpido por el golpeteo de la lluvia sobre la hierba. De repente, sin previo aviso, un ruido tremendo ensordeció a los allí presentes. Venía de las montañas y cada vez sonaba más y más cercano.

Al mismo tiempo pareció formarse una línea oscura en mitad de la pradera que avanzaba desplazándose velozmente sobre la llanura. El misterioso fenómeno nunca visto no tardó en llegar al lugar donde la multitud se había congregado. Entonces entendieron de qué se trataba.

Un enorme torrente de agua avanzaba muy deprisa, recorriendo el relieve sobre el terreno, como si rellenara una ancha grieta. Al principio creyeron que la riada iba a llevarse por delante Gold City, pero por suerte pasó al lado de la casas formando una especie de río caudaloso y de un agua limpísima.

¿Un río en Gold City? ¿Los primos Tulipanes en la cárcel? Sí que había sido un día de sorpresas, desde luego. Y aún quedaba una más. Una sorpresa de las gordas.

Un viejo minero, uno de los pioneros que fundaron Gold City, se acercó a la orilla del inesperado río. Husmeó un poco, metió la mano en el agua y de pronto pegó un grito que debió de oírse hasta en el lejano Este:

# –¡ORO!

# FIESTA
# EN EL OESTE

Sí, oro. Oro a montones, en cantidades industriales. ¡Y después
de tanto tiempo! Si hubo un día señalado en la historia de Gold
City, fue aquel en que los forasteros Willy y Vegetta, junto a sus
mascotas, Trotuman y Vakypandy, y un misterioso chamán indio,
llamado Chocatuspalmas, cambiaron para siempre la vida de
la ciudad. Ahora Gold City tiene un río caudaloso lleno de polvo
de oro. La ciudad prospera y el poblado indio tiene las praderas
más verdes que nunca. Paisanos e indios, después de años de
enemistad, se han hecho amigos: juntos han acabado con la
tiranía de los primos Tulipanes, que no habían llevado más que
desgracias a toda la gente del condado.

Trotuman ha sido nombrado *sheriff* provisional en tanto se elige a un juez para hacerse cargo de los bandidos, que serán juzgados y condenados por todos sus delitos. Y Vakypandy se dedica a aprender magia india con su amigo el chamán. Willy y Vegetta, por su parte, disfrutan de la fiesta que ya dura una semana. ¡Sí, es una fiesta larga, pero no es para menos! Ahora todos los habitantes de la región son felices y ya nadie se refiere a Willy y Vegetta como «forasteros», sino que por unanimidad los han proclamado «Ciudadanos Predilectos de Gold City».

—Qué suerte que todo haya acabado bien —dijo Willy a su amigo.

—Sí. Mola saber que, en parte, ha sido gracias a nosotros y, además, hemos salvado al bueno de Vicente —dijo Vegetta, dándole una zanahoria a su querido caballo, protagonista accidental de toda esta historia.

—¡Y a sus amigos! Cuando volvamos a Pueblo, todo el mundo se pondrá muy contento de ver a los caballos.

—Sobre todo los hermanos Ovejero.

—Oye, Vegetta, de todas formas... hay algo que no cuadra.

—Ya sé a qué te refieres, amigo.

—¿De dónde ha salido este río?
        —preguntaron a la vez.

\* \* \* \* \*

La respuesta se la dio un par de días después el geólogo de Gold City, un anciano muy simpático que durante años había estudiado los alrededores en busca de ese oro tan esquivo.

—Todo es asombrosamente simple, amigos —dijo el viejo experto—. Durante años los mineros han excavado estas tierras dejando el subsuelo hecho un colador.

—Sí, de eso ya nos hemos dado cuenta —comentó Vegetta mientras Willy asentía.

—Pues bien, esa red de galerías era de lo más inestable. Se mantenía en pie por inercia hasta que la potente cabalgada de los indios hizo temblar la tierra como si hubiera un terremoto. Los túneles, debilitados por años de abandono, se vinieron abajo con las vibraciones y cayeron con efecto dominó.

—Ya, pero eso no explica lo del río.

—¡Claro que lo explica! El subsuelo está lleno de agua. Hay auténticos ríos subterráneos, enormes, repletos de millones de litros de agua, que corren constantemente bajo nuestros pies. En algunos lugares, esas aguas corrientes pasan cerca de la superficie, y por eso es fácil construir pozos; en otros sitios los acuíferos se encuentran a mayor profundidad. ¡Pero siempre hay agua!

—Aaahh... ¡Ahora lo entiendo todo! —exclamó Willy boquiabierto.

—El temblor hizo que una de esas corrientes aflorara de golpe a la superficie a través de las galerías y el nuevo manantial ha llenado nuestro nuevo río: Golden River.

—No os habéis comido mucho el coco con el nombre —rio Vegetta.

—Es el mejor nombre posible: el agua subterránea arrastra el finísimo polvo de oro que hay bajo la tierra, a gran profundidad. Es un auténtico río de oro.

Willy y Vegetta celebraron que la geología se hubiera puesto de parte de los paisanos. Aquel río iba a traer mucha prosperidad tanto a Gold City como a los indios. Siempre que supieran utilizar bien esa riqueza, por supuesto. Y Trotuman ya estaba en ello, asegurándose de que las leyes se cumplieran y que el oro se repartiera bien.

## —CUIDADITO CONMIGO

—decía guiñando un ojo, con su enorme estrella de *sheriff* luciendo en el pecho.

* * * * *

Después de varios días, las cosas volvieron a la normalidad. A una normalidad distinta, desde luego. ¡Mucho mejor que antes! Pero los amigos empezaban a sentir nostalgia de Pueblo. Había llegado la hora de emprender el viaje de vuelta.

—¿Cuándo pasa el tren de regreso? —preguntó Vegetta.

—En un par de días —le contestó Willy—. Ahora, con la prosperidad de Gold City, van a ampliar la frecuencia.

## ¡Hasta dos trenes a la semana en temporada alta!

—No está nada mal. Es toda una mejoría, teniendo en cuenta que esto sigue siendo el Lejano Oeste —aplaudió Trotuman.

* * * * *

Antes de marcharse había que despedirse de todos los amigos. En especial de Chocatuspalmas, que en los últimos días se había ocupado de volver a poner el tótem en la cueva sagrada. En medio del poblado estaba Vakypandy, entregada por completo a su aprendizaje, bailando junto al chamán la danza de la lluvia, pero... ¡sin el tótem a la vista! A los pocos minutos empezó a chispear y, si no cayó otro diluvio, fue porque la llegada repentina de Willy, Vegetta y Trotuman los interrumpió.

—¡Bienvenidos, amigos! ¡Chocar palmas!

—gritó el chamán, lleno de alegría.

Así lo hicieron. Sin embargo, Willy y Vegetta estaban muy extrañados.

—Estáis bailando la danza de la lluvia sin el tótem... —comentó Vegetta.

—...y se pone a llover de todas formas —concluyó Willy.

—Chamán saber —contestó Chocatuspalmas riéndose—. Tótem aumentar poder danza. Pero tótem no ser necesario. Danza ser suficiente. Chamán bailar más deprisa. Chamán bailar más rato. ¡Chamán no estar para esos trotes!

—Entonces, ¿nos podríamos haber ahorrado un montón de peligros?

—Tulipanes robar tótem. Chamán recuperar tótem

—replicó Chocatuspalmas con gesto solemne.

—Tienes razón...

—Chamán enseñar danza Vakypandy. Cabra mágica bailar muy bien. Nunca tener sequía en Pueblo. ¡HALA, ya os podéis ir tranquilos a casa!

—**Pues genial**

—aplaudió entusiasmado Trotuman.

—Sí... pero un momento, aquí algo no cuadra —replicó Willy.

—No me digas —dijo el chamán, con su mejor sonrisa.

—Tú «ya no hablar» en plan indio.

—**¡Pues claro!**
**¡Ya «no ser» necesario!**
Lo hacemos solo con los forasteros, para fomentar el turismo. Pero los indios hablamos normal, como todo el mundo. ¿Qué os habíais creído, que somos lerdos?

—No, claro. Si lo piensas bien..., tiene una lógica aplastante —reconoció Vegetta.

Esa noche celebraron una última fiesta en el poblado indio antes
de regresar al hotel. Al día siguiente hicieron el equipaje
y disfrutaron de sus últimas horas en el Oeste, antes de tomar
el tren de vuelta a casa.

Todo el mundo fue a despedirlos a la estación de Gold City, adornada para la ocasión. Mientras subían a Vicente y a los demás caballos en el vagón de cola, los amigos estrechaban manos a diestro y siniestro. Trotuman, con cierta pena, entregó la estrella al nuevo *sheriff* elegido por los ciudadanos: el dueño de la Tienda de Todo un Poco.

—Lo harás genial, colega —dijo Trotuman.

—Eso espero —contestó el hombre, feliz de tener un nuevo trabajo—. Estaba harto de vender de todo un poco.

—Pues me alegro.

El tren tocó el silbato dos veces, anunciando que estaba a punto de partir. Willy, Vegetta, Trotuman y Vakypandy subieron a bordo. Asomados a las ventanillas, se despidieron, un poco tristes, de los ciudadanos de Gold City. Poco después, en la pradera, los indios aparecieron trotando a caballo y les saludaron. Corrieron al lado del tren durante un buen rato, hasta que, poco a poco, el Oeste fue quedando atrás en la lejanía.

—¡Pedazo de aventura, amigos! —dijo Willy.

—Sí, y no podía habernos ido mejor —añadió Vegetta.

—Yo he aprendido un montón de magia —dijo Vakypandy, mientras ensayaba unos pasos de la danza que le había enseñado el chamán. Pero tuvo que parar, porque empezó a llover dentro del vagón.

—Pues yo echaré de menos ser *sheriff* —dijo Trotuman—, lo hacía genial. ¿No podría ser el *sheriff* de Pueblo?

—No creo que nos haga falta uno en casa, pero... siempre le podemos preguntar a la gente.

—Estoy deseando llegar.

—Y yo. Verás qué cara van a poner todos.

—Podemos celebrar una fiesta.

—¡Buena idea!

—Nos merecemos un descanso, antes de nuestra próxima aventura.

Poco a poco el tren se deslizó de vuelta a casa, donde, sin que nuestros amigos llegaran siquiera a sospecharlo, ya se estaba fraguando otra aventura que, por supuesto, sería una de las más fantásticas y arriesgadas que tendrían que afrontar. Lo veremos pronto, pero ahora se merecen un buen descanso.

# FIN